Voar no quarto escuro

Márcia Balsas

Voar no quarto escuro

MINOTAURO

Título original:
Voar no quarto escuro

Autora: Márcia Balsas

Revisão: António Barrancos

Ilustração da capa: © Ana Aragão 2012
Fotografia da autora: © Gil Cardoso
Design: Minotauro

Biblioteca Nacional de Portugal – Catalogação na Publicação

BALSAS, Márcia, 1977-

Voar no quarto escuro
ISBN 978-989-8866-64-6

CDU 821.134.3-34"20"

Depósito Legal: 460007/19

Paginação: Aresta Criativa – Artes Gráficas

Impressão e acabamento:
Pentaedro, Lda.
para
Minotauro
em
agosto de 2019

MINOTAURO, uma chancela
de Edições Almedina, S.A.
Avenida Engenheiro Arantes e Oliveira,
11 – 3.º C - 1900-221 Lisboa / Portugal

Para o avô Rogério

PRIMEIRA PARTE

EDUARDA

A arma estava embrulhada em papel de jornal. Eduarda encontrou-a por acaso, no sótão. Andava à cata da receita do bolo de cenoura quando a surpresa lhe caiu das notícias velhas, amachucadas. Sem saber o que fazer, nervosa com a *beretta* nas mãos, voltou a embrulhá-la. Meteu-a no mesmo caixote.

Eduarda gosta do sótão. Não é um local agradável, principalmente no inverno, quando o vento assobia através das telhas e agita poeiras pelo ar. É sujo como qualquer depósito de passado, recordações empilhadas que de nada servem, mas que precisam de tempo para se tornarem assumidamente inúteis. Agasalhada com cachecol e gorro de lã, feitos por ela, Eduarda passa horas sentada num cadeirão esburacado de tecido grená. O apoio para a cabeça perdeu a cor e só um dos braços mantém a borla pendurada, antiquada, por onde vai passeando os dedos da mão esquerda. No colo, aninha uma caixa de música com um mecanismo de corda, um tango acelerado que hoje se arrasta; um tango de beijos ávidos, quentes, numa sequência imparável como se fosse possível, também, dar corda aos lábios. E, anos depois, beijos diferentes, maduros, talvez gastos como o tango desafinado da caixa envelhecida, porém deliciosos e semelhantes a uma dança que se conhece, mesmo fora do compasso. Na mão direita, o retrato de Joaquim, o sorriso emoldurado na barba e bigode negros, as sobrancelhas espessas, os olhos feitos pequeninos pelas lentes graduadas dos óculos em massa. O primeiro marido e único amor, apenas vive naquela caixa. É no sótão que conversam: faz perguntas às fotografias, todas sem resposta. Por vezes, ouve-o dizer, como se estivesse vivo: «um dia ainda nos vamos rir disto, amor, vais ver.» E fica a ouvir a voz dele, de memória, como quem escuta uma melodia de infância que nunca se apaga.

Depois de encontrar a pistola, evitou o sótão por uns tempos. O seu espaço privado já não era seu. O medo a tomar também esse último abrigo.

Não tem nada naquela casa enorme. Dois andares de conforto aparente para onde se mudou depois do segundo casamento: má aposta. Nunca foi o espaço de um casal. Passados 18 anos, continua a ser a casa de Antero.

Quando voltou ao sótão, mais calma, confirmou que estava carregada, tal como vira nos vídeos sobre uso de armas que pesquisou no YouTube. Ficara a matutar por ter uma pistola em casa, todos os dias a dormir com aquilo por cima da cabeça. Não teve dúvidas de que pertencia ao marido, e já o imaginava, numa das suas fúrias, a pressionar-lhe o cano à cabeça.

Decidiu, com uma coragem que julgara perdida, ficar com ela. De início, para sua defesa, mas a vontade de matar foi-se aninhando como um gato matreiro. Chegou a ter sonhos, via-se a organizar munições, a carregar e descarregar o pente, a praticar tiro ao alvo.

«Tu e eu agora somos amigas», sussurrou, acariciando o gatilho. Decidiu mantê-la no sótão, mas tirou-a do caixote. Antero havia de ter uma surpresa quando a quisesse de volta. Sacode as mãos na saia como quem arruma um assunto. Neste caso, uma pistola dentro de uma televisão velha. A preto e branco.

Começou a deixar espaço para a *beretta* no fundo da segunda gaveta da mesa de cabeceira. Havia de a trazer para ali. Deitou fora alguns *soutiens* velhos, empilhou as cuecas de outra maneira, e aquele espaço vazio todos os dias lhe falava. Vozes de raiva. Chegava a abrir a gaveta para as ouvir melhor. *Mais alto, mais alto!*

Alimentava o ódio remoendo nos bofetões com as costas da mão, nos socos, na dor do cabelo arrancado à força e no desprezo com que ele sacudia fora as madeixas. Os olhos do marido raiados de sangue, o prazer em lhe descarregar pontapés no corpo caído no chão, à beira do desmaio. As idas ao hospital depois da maquilhagem. As camadas de base que não apagavam o queixo amassado, ou os óculos escuros, parcos a disfarçar os olhos negros.

«Caí das escadas», a voz rouca na triagem.

«Outra vez?», a médica olha-a por cima dos óculos. Bonita, a doutora Adelaide, o cabelo arranjado, lavado e esticado no cabeleireiro no meio de risotas e, se calhar, confidências. Talvez um novo penteado, o risco para o outro lado, algo tão simples e que enorme diferença. «Aceita um café?» «Só se for rápido, que esta noite estou de serviço.» O estetoscópio como uma cobra ao pescoço, por cima da bata engomada. A blusa cor-de-rosa a espreitar numa gola alta, franzida como uma flor a aconchegar o colo. Em casa, se calhar, a mesa posta, um copo de vinho na madrugada, velas, música ambiente, sexo. Deve ser bom entrar em casa sem ter medo de cair das escadas.

Já não lhe dá folhetos da APAV, já não chama a polícia. Desistiu. Chegou a fazer-lhe a mala, enviá-la para um abrigo, quase a convenceu a desaparecer, pelo menos até as feridas sararem — difícil com tanta porrada em cima de porrada, tanto osso magoado, a pele doente. Toda ela marcas eternas, piores as de dentro.

A médica olha para a sala de espera através do vidro do gabinete. Tosse, espirros, sacos de gelo, um numa cabeça e outro num joelho, golpes que sangram, uma bota com um prego atravessado da sola até ao outro lado, o pé no meio. Gemidos. Choro. Uma velhota desorientada entra só de cuecas pela mão de um bombeiro que tenta, em vão, tapá-la com a manta térmica.

Colocam-lhe a pulseira verde e o painel eletrónico chama o número seguinte: 124. Eduarda regressa à sala de espera e cruza-se com o homem do prego, que coxeia.

«Pouco urgente.» Duas palavras na cabeça de Eduarda enquanto se senta no banco mais perto da saída. Pouco urgente, pouco urgente, pouco urgente. Uma lengalenga verde que não se cala. «Até 120 minutos para observação médica», diz a informação afixada na parede. A mala ao ombro e sai.

Teve muitas vezes vontade de desaparecer. Esta até poderia ser a noite, mas a ideia de acabar com ele passou a ser a forma de aguentar.

Chove. Caminha com cautela por causa do chão escorregadio. Tem medo de cair, mas não pode ficar mais magoada. A ironia é quase cómica, não fossem as dores provocadas pelo riso.

Abre a porta com cuidado e tira os sapatos. O ressonar de Antero na casa silenciosa. Restos do jantar ainda na mesa, a garrafa vazia, um copo partido no chão. Na casa de banho, passa uma toalha pelo cabelo húmido. Detém-se um momento ao espelho enquanto penteia as madeixas castanhas, levemente onduladas, que lhe chegam aos ombros. Alinha a franja que insiste em desviar-se sempre para o lado esquerdo, num jeito natural. Os nós dos dedos dele são como um carimbo no rosto pálido. Rasga a pulseira verde e atira-a para o caixote do lixo.

Desliga a luz e mete-se na cama sem se despir. Ele nem a sente. Aconchega o nariz debaixo do lençol por causa do bafo a vinho.

Amanhã a Alice faz anos, pensa antes de fechar os olhos.

Ainda na cama, o sábado a acordar, telefona à filha, que venham para o almoço, promete-lhe um bolo. «De cenoura?», pergunta Alice, gulosa. Eduarda imagina-lhe os olhos a brilhar do outro lado. «Claro que sim, meu amor, é o teu aniversário», responde com doçura. «Traz o Paulo e os meninos, tenho saudades vossas.»

Antero no duche com o rádio ligado, música clássica: um estafermo com bom gosto. Grita-lhe que chamou a filha para almoçar. Ele não responde. Antes assim.

Há 35 anos Alice nascia. 26 de janeiro, fazia frio.

Deixa-se ficar na cama a ouvir a chuva a bater na vidraça e recorda os pingos grossos que formavam rios na janela da maternidade, ao lado da sua marquesa. Horas em trabalho de parto, já não sabe quantas, a mão de Joaquim a segurar a sua. Ele aflito, suando em pleno inverno.

Acreditou, alguns anos após a morte de Joaquim, que podia voltar a amar. Antero, hábil, convenceu-a disso. Prometeu-lhe uma vida desafogada, o tempo todo dedicado ao sonho de criar coleções de roupa. Ter um *atelier*, talvez a sua marca, o seu núcleo de clientes exclusivos, frequentar cursos. Numa altura em que a profissão de cabeleireira já lhe deixava marcas físicas de anos a trabalhar em pé, além da pele das mãos estragada das tintas, e as tendinites nos braços, as promessas de Antero pareciam, no final de certos dias mais duros, boias salva-vidas.

E o dinheiro? Era sempre pouco. E a filha adolescente merecia melhor.

Ali, deitada na cama que partilha com o homem que a maltrata, 18 anos depois de terem casado, pensa na forma delicada como Antero a conquistou. No homem bonito que ele era, atlético, mesmo já com 46 anos nessa época; o cabelo farto, a pele morena e bem cuidada, contrastando com a barba já branca, sempre impecavelmente aparada. Ainda hoje, aos 64, Antero conserva esse aspeto aristocrático, o ar de filão esquecido da nobreza.

Conheceram-se quando Joaquim adoeceu. Antero era o dono da farmácia onde Eduarda comprava os medicamentos. Muitas vezes, a mão dele, suave, no seu ombro, «tenha calma», uma carícia envergonhada no cabelo dela. Pequenos gestos, sementes, e Joaquim a morrer.

O luto. Antero sempre presente, insistente. A dada altura, sedutor. Alice parecia aceitá-lo. Gostar dele até. Após cinco anos de viuvez, Eduarda cedeu.

Quanta maldade há por descobrir depois de um casamento consumado?

Foi ingénua. Se havia sinais, ela não os soube interpretar.

Olha para a mesa de cabeceira. É hoje, decide. O plano de trazer a arma para baixo começa a ganhar forma. *Não há amanhã para ti, marido.*

Ensaia. Logo à noite, com a pistola ali, será a valer: abre a gaveta e simula o retirar da *beretta* com cautela, vira-se para cima de indicador esticado, feito cano, a mira no teto. Com as duas mãos juntas, mais poder, aperta com força. Sopra a franja colada à testa húmida e, rodando para o outro lado, aponta-lhe os dois indicadores unidos, faz mira à zona da almofada ainda quente, moldada pela cabeça dele.

«BANG!», grita com prazer.

Troveja longe.

Pensa na filha e nas crianças. Em Alice quando era criança. É um dia como os outros, não se vai deixar amolecer por aniversários. Apesar de tudo, será um bom presente. Assusta-se com o riso escarninho que nem tenta conter.

A chuva bate com força nas telhas, logo acima da cabeça de Eduarda. O ar frio a correr pelo sótão mal isolado. Subiu ao primeiro andar discretamente, deixando todos à mesa; já tinham cantado os parabéns. Avançou pela escada de acesso ao sótão, mais difícil, e agora distrai-se com uma série de banalidades, molduras partidas e telas roídas pelas traças, numa procrastinação mal disfarçada. Ocorre-lhe levar o baú das toalhas para baixo – tanta humidade vai dar cabo dos tecidos. Por fim, mãos decididas recolhem a arma para o saco de lona verde, de alças compridas, que mete ao ombro. Ao mesmo tempo que pensa no espaço livre na gaveta, ocorre-lhe que nunca testou a arma.

«Vai correr tudo bem», repete um pouco consternada, enquanto os dedos sentem os contornos da nova amiga.

«É normal ter medo.»

«Sem medo não é coragem.»

«Tu és capaz.»

«É pelo melhor.»

«Ele merece morrer.»

Frases feitas que leva dentro da cabeça.

Desce a escada de madeira com dificuldade, saia travada e saltos altos. Péssima ideia, mas o que fazer? Não abdica de alguma elegância no aniversário da filha. Cantados os parabéns, o caminho ficou livre. Lá em baixo ninguém dá pela sua rápida ausência. O poder de um bolo. De cenoura.

Um trovão estremece a casa e o instinto foge-lhe num grito. Muito quieta, leva as mãos à boca, mas já não vai a tempo de abafar o som. Respira fundo, o mais silenciosamente que consegue. Abre a porta com cautela e, por uma fresta, espreita o corredor do primeiro andar. Ninguém. Risos e vozes escapam da festa, no rés do chão. Sai. Dá duas voltas na fechadura e mete a chave na gaveta do aparador, ali ao lado. Logo acima, o espelho redondo. Alinha a franja e leva uma madeixa atrás da orelha. Assusta-se com o relâmpago. Podia ver o seu medo no espelho se não tivesse faltado a luz. Lá fora parece noite. A casa é escuridão. É silêncio. Não lembra um dia de festa.

Eduarda começa a contar os segundos, mas o trovão é imediato. «Está perto», murmura.

«Mãe!», chama Alice lá de baixo.

«Está tudo bem, querida. Fica perto dos meninos até a luz voltar.»

Ouve passos escada acima e, aflita, leva a mão ao saco. Tem de esconder a pistola. *Rápido*, pensa, *para a sala.*

Antero entra na sala ao fundo do corredor no momento em que ela fecha as portas do armário embutido na parede. Com a pressa, a alça do saco fica do lado de fora. Relâmpago, um, dois, três, quatro, trovão. «Está a afastar-se, a trovoada», diz Eduarda, corando; espera que isso não se note na penumbra. Sopra para cima, fazendo esvoaçar a franja. Leva uma madeixa atrás da orelha.

Antero aproxima-se. Agarra-lhe o braço direito com força e ela sente os dedos grossos a espremer-lhe a carne até ao osso. Ele, em silêncio, apertando mais. Num esticão leva-lhe o braço atrás das costas, o ombro estala. Caem os dois na alcatifa. Ela aguenta e pensa na pistola. *Falta pouco, falta pouco,* convence-se. Sente-lhe a outra mão desajeitada a passear pelo peito, talvez desorientado pelo escuro.

«Não», diz ela.

«Tu gostas, mula», bafo de vinho e ódio, a mão sobe até ao pescoço e começa a apertar.

Eduarda diz «não» e pensa «porquê?». Com a voz mais sumida, continua a dizer «não». Quando já não consegue falar, ela pensa «não». Tantas vezes não, todos estes anos não. Ele diz-lhe coisas ao ouvido. Os lábios molhados de palavras arrastadas pelo álcool, ela não percebe, já não entende. Ameaças, decerto. Fala cada vez mais baixo. Ou é ela que ouve cada vez mais longe.

Um relâmpago acende as janelas e Eduarda vê-lhe a fúria nos olhos esbugalhados, raiados de sangue. Vontade e prazer doentios. As duas mãos dele estão agora no seu pescoço. O braço num ângulo estranho, talvez partido. A vertigem do corpo que se deixa ir, o pensamento em farrapos, a boca aberta a pedir ar, os pulmões vazios.

«Mãe! Mãe!», Alice outra vez, agora escada acima.

Relâmpago, um, dois, trovão.

Relâmpago.

Rumor.
Estouro.
Chama.
Fogo.
Cinzas.
«MÃE!»

ALICE

Alice dera as ordens: a banda só toca músicas alegres no funeral.

Os dois caixões fechados, lado a lado, Eduarda e Antero. Uma fotografia emoldurada na entrada, os dois sorridentes no dia do casamento.

Quem chega, estranha o ambiente. Um *barman* serve *gin* em copos-balão: líquido colorido, gelo e canela. Tiram-se casacos, contraria-se o apetite de dançar.

Alice ignora a cotovelada de Paulo para que apague o sorriso e sossegue o pé que marca o compasso. Ela, já bebida, não quer saber. Aproveita para deixar vir ao de cima o asco que tem ao marido. Paulo é um homem desinteressante e sem ambição, feliz no seu trabalhinho das nove às seis na seguradora, com direito a copos com os amigos todas as sextas. Se vai ao futebol, é por arrasto, pois não tem clube predileto. Fica calado quando lhe perguntam por *hobbies* ou afazeres fora do emprego; não aprecia nenhum estilo de música em particular, não há peça de teatro ou filme que o faça sair de casa, não se entretém com livros, revistas ou jornais. É o típico «eu sou o que faço».

Ela escolheu-o pelos defeitos de modo inconsciente, pela enorme distância que separa Paulo de Joaquim. Convence-se de que o ama, «que 12 anos juntos não são 12 dias, é só olhar para o número de divórcios, poucos há com a nossa determinação em continuar», coisas que repete, na tentativa de encontrar um sentido, mas é como despejar água num copo que está sempre vazio. É o amor ao pai falecido que explica o casamento com Paulo. Dois homens em pontos opostos. Há um cantinho apagado na cabeça de Alice que lhe diz: «assim é que tem de ser», para que se lembre sempre que houve um, e só um, homem perfeito.

«Morreram de trovoada», é o que responde a quem se aproxima para as condolências, mesmo que não haja qualquer pergunta, que o desejável é não falar, não perturbar os defuntos no seu descanso. Mas Alice diz coisas deste género rindo sem pejo. Não faz mal, está traumatizada, perdoam-lhe em sussurros, enquanto se afastam.

Conta à doutora Adelaide que, em criança, tentou matar o filho da vizinha. A médica, que não conseguira ajudar Eduarda, e fora ali com a consciência pesada por ter desistido dela, ficou com o *gin* (que não queria aceitar) a meio caminho ao escutar a história de uma brincadeira infantil que, por acaso, não acabou em morte.

Alice é uma mulher cristalina. Tão transparente que se pode ver através dela, querendo, de facto, observá-la. Mas desaparece com a mesma facilidade com que permite ser vista. Depois de o pai morrer, foi-se sumindo, um pouco todos os dias. E quando o pai já não existia, não supervisionava as brincadeiras nem podia dar a atenção a que ela se habituara, Alice fazia o que podia para não se deixar cair no chão em cacos.

Numa tarde em que Eduarda misturava lágrimas com a água de lavar a louça, a filha foi apertando o cordel da roupa no pescoço de Bruno. Não se lembra. Não se lembra sequer do braço da mãe que a afastou do rapaz encarniçado para lhe soltar o fio da garganta. Bruno, aflito a beber ar em golfadas, a levantar-se, mesmo com poucas forças, e a fugir, aos tropeços, sem mais uma palavra. Nunca mais voltou para as brincadeiras depois da escola. Tem a memória de cair no chão frio, ficar deitada a ver passar bolas de detergente coloridas, esvoaçantes, vindas da cozinha ali ao lado, e de pensar que a tristeza da mãe era como o arco-íris. Não foi castigada, o pai tinha acabado de morrer.

Por vezes, a mãe descrevia-lhe o episódio. Ela parecia escutar uma história que acontecera a outra pessoa. Sempre o mesmo espanto. A memória branca. Ao longe, bolas de sabão a voar que, de cabeça baixa, num arrependimento do que não recorda, lhe traziam a única pista desse dia: a mãe a chorar.

Envolvida nas memórias, nem repara que a doutora Adelaide já não está junto a si, cruza a porta no momento em que chegam alguns colegas do trabalho de Alice. Estes desconfiam do ar feliz com que ela os recebe. Um sorriso no lugar de lágrimas?

Estranham a escuridão do espaço, quebrada pela ténue luz das velas, em contraste com a música ao vivo e a porta do bar por onde escapam conversas e fumo. «Isto mais parece uma *boîte*», alguém diz.

Adelaide aperta o casaco e sai para a noite gélida. Não consegue apagar a imagem do rapaz, do seu sufoco, e pensa em como pode ajudar Alice, aparentemente tão perdida. Ao mesmo tempo, não se quer envolver, está cansada dos problemas dos outros. Mete-se no carro e tranca de imediato as portas, como sempre faz. Ocorre-lhe que devia ter calçado mais um par de meias. Faz pisca e arranca com precaução, cuidados inúteis na rua deserta. Olha para o telemóvel na mala aberta em cima do banco do passageiro. Pensa em David e em esquecer o velório com uma boa foda.

Alice tinha 16 anos quando a mãe voltou a casar.

Ficou mais transparente. Tudo à vista. E nada, ao mesmo tempo. Quem consegue ver uma mulher-vidro?

Desde essa altura que acumula um ódio refinado, que vai adocicando com as memórias do pai, o seu ídolo. É um equilíbrio perigoso.

Alice, carente, uma espécie de bomba-relógio. Não reclama, não grita, não mostra; ensaia a compostura do rosto delgado, emoldurado na franja loura, que ela própria corta, mantendo a distância adequada até aos olhos. O cabelo longo, liso, quase branco nas pontas, descai em três madeixas perfeitamente distribuídas: duas para a frente, a maior para trás, ao longo das costas.

Alice sempre soube, apesar da habilidade de Antero.

Violência silenciosa com resposta igualmente discreta. Eduarda, muda, a aguentar pancada surda. Pelo menos era assim quando ela estava em casa. Nunca conseguiu estender-lhe a mão, dizer «eu sei, mãe», abraçá-la, cuidar dela. Por dentro, a revolta de haver outro homem no lugar do pai dava alguma justiça aos castigos infligidos à mãe. Uma lógica cruel da qual nem tentava escapar. Gritavam-lhe vozes dentro da cabeça: «merece, por ter casado com o velho», que a mantinham quieta atrás da porta, a assistir. Eram mais fortes do que o sussurro culpado: «ajuda-a.»

Depois chorava e escrevia no diário.

Acabara de fazer 18 anos quando Antero afogou, um a um, na banheira, os cachorros da *Sky,* a cadela de estimação. A ninhada recém-nascida a boiar, bolhas de água a sair pelas narinas. A *Sky* a ganir. Eduarda aconchegou-lhe os filhos mortos numa toalha para ela se despedir. Velou-os toda a noite, mesmo com duas costelas partidas – tinha levado com uma raquete velha.

De manhã, a mãe enterrou os cães no jardim.

Depois maquilhou-se e foi ao hospital.

Pensavam que Alice dormia, mas ela espiava pela casa, movia-se com suavidade, parecia bailar em pontas detrás de uma porta para debaixo de uma mesa. Adquirira uma transparência quase invisível.

De outras vezes ficava na cama, enroscada, a ouvir. Silêncio. Nada de gritos, uma pancada mais forte de tempos a tempos. Mas ela sabia o que estava a acontecer. Nessas alturas, nunca chorava. Se chorasse, era real. E não o podia permitir.

Talvez o soubessem os vizinhos ou a mulher da mercearia. O padeiro, a peixeira, o homem do talho. A médica, a única com coragem para aparecer no velório. Alice ergue o copo e procura-a pela sala. Não a vê. Encolhe os ombros. Paciência.

Todos a fazer de conta que é normal usar sempre gola alta e óculos de sol. Sorrindo e acenando à dona Eduarda, «eu levo-lhe as compras a casa, não se preocupe dona Eduarda, é com muito gosto. Como está a menina Alice? E o senhor Antero? Cumprimentos, cumprimentos». Farsantes, todos eles.

Alice inclina a cabeça para trás, esvazia o copo.

Queria ter sido ela a matar o padrasto. A maldita trovoada antecipou-se. Ou talvez tenha sido ela a adiar o plano demasiado tempo. Há muito que decidira acabar com ele. Era a única solução, começava a não conseguir lidar com a sua própria inércia para ajudar a mãe. Tinha uma pistola escondida no sótão. O tio Jorge nunca deu por falta da arma, lá na loja.

Gostava de, mesmo agora, com o corpo do padrasto ressequido e desfeito, ir lá buscá-la, abrir o caixão e encontrar um resto de carne para encher de tiros.

Mas já não há sótão. A casa é um esqueleto de memórias.

Pousa o copo vazio no tabuleiro que passa e pisca o olho ao *barman*. «Outro!»

Continua a beber. Insiste em dar ao pé conforme o ritmo de *Hello, Dolly!* um arranjo *Dixie* genial para uma das preferidas do pai. A sabrina bege espreita debaixo do casaco comprido, pesado, de um cinzento tão escuro que é quase preto. Aconchega a gola e, toda abotoada, esconde o melhor que consegue o vestido azul-céu. O corpete justo, o decote profundo, a saia de tule, muito rodada. Tudo guardado debaixo da fazenda grossa. O cabelo por cima, manta de trigo ao sol.

Apetece-lhe explodir de azul, dançando por ali, ao redor das figuras negras sentadas nos bancos de madeira. A música, tão bonita, faria as lágrimas recuar, subiriam pelos rostos, como quando bebemos um copo de água ao contrário por causa dos soluços.

E nós dançaríamos juntos, pai, os passos trocados, como sempre. Quando ninguém imaginava o futuro. E eu sonhava ser bailarina.

CELESTE

Celeste sabe que ela a deseja. Vê esse desejo nos olhos que lhe espiam o decote à chegada ao trabalho, manhã cedo, quando, ainda sonolenta, espera pelo coice da cafeína. Com o olhar camuflado, atrás dos óculos enormes, muito escuros, Celeste finge que não repara como ela lhe mede as formas, como se demora no seu menear de ancas, que nunca evita, do qual abusa, vítima assumida de vaidade.

Gosta de ser admirada. Homens, mulheres, não lhe interessa. Não se importa que lhe comentem a futilidade, diverte-se sabendo que fazem contas aos euros do que veste, somando as joias, os sapatos elegantes, aquela pulseira nova que não passa despercebida. Não seria ela com malhas perdidas nos *collants*, sobrancelhas mal definidas ou uma unha partida. E a outra a reparar nos pormenores, a beber-lhe o bom gosto e a mandar-lhe um «adoro-te» escondido nos comentários elogiosos, infinitamente repetidos, e no sobe e desce dos olhares, como a memorizá-la de cima a baixo.

Celeste usou-lhe, sem culpas, a tristeza, só pela bajulação. Foi-lhe percebendo a solidão, a necessidade de amor. Viu através dela, como se fosse uma janela acabada de lavar. Chegou a permitir o toque, ou a deixá-la pensar que lhe podia tocar, exibindo, por exemplo, a pregadeira nova. O peito farto erguido, o objeto brilhante à distância do desejo, a indecisão da mão que se quer erguer para guardar tamanha luz.

Mas a outra também soube ganhar algum terreno, mesmo que fruto de uma luta desastrada por atenção; foi aprendendo as palavras adequadas às situações, e conseguiu que a relação fosse passando para uma esfera mais pessoal. Sentia-se a caminho da salvação. Celeste começou a acusar desconforto, mas não sendo do seu feitio fraquejar, foi atendendo telefonemas indesejados durante o fim de semana e cedendo a alguns encontros mais pessoais, onde acabava por ser surpreendida com a presença do marido e dos filhos, sentindo que a queriam transformar num apêndice da família.

A Celeste entediavam os serões a trocar experiências de vida, como a outra dizia, coloquial. Sempre a ânsia de unir mãos, tocar rostos, falando alto, por vezes mesmo de pé, de rosto luzidio, queixo em direção ao céu, teatral. Mas Celeste, uma sanguessuga da espécie humana, alimentou-se daquilo até se fartar. Nada tinha a ganhar com aquela relação. Contudo, uma parte de si, queria compreendê-la. Jamais o assumiria, mas, por vezes, pensava nela antes de dormir.

Num desses serões, Celeste viu-se com o diário da outra nas mãos. Um pequeno caderno amarelo, com o cadeado e a chave obrigatórios, daqueles que se ofereciam às meninas, no século passado, para alimentar segredos sem importância.

«Leva-o, Celeste, quero que leias. Quero que me conheças.»

A caligrafia alinhada de menina obediente, as entradas começadas por «Querido Diário» no início das folhas pautadas, o odor esquisito que libertavam, outrora suave, feminino. Folheou o pequeno livro com desconforto. Ao redor, o barulho dos gémeos no chão da sala, que aos seis anos ainda tinham muitas dificuldades em falar, um deles a guinchar com o outro. O marido a ver televisão com o som demasiado alto, o cinto das calças desapertado, a braguilha aberta a dar espaço ao jantar, uma chapada no filho e acaba-se a gritaria. A outra a implorar Celeste para si, alheia à própria família, talvez a retribuir desleixo.

Celeste de pé, e, de súbito, duas mãos nos ombros que a empurram de regresso à cadeira. O som do vinho a cair dentro do copo. Já bebeu que chegue, ou então o aturdimento não é do álcool, mas sim do cenário. A repulsa pelo marido que arrota, pelos filhos de pensamento lento, atrasados, pela sujidade dos móveis, pela ridícula coleção de copos de vidro grosseiro, que pareciam reproduzir-se pelas paredes da casa, em prateleiras de mau gosto, até ao teto. Pó, mofo, aquela teia de aranha de onde não conseguiu desviar o olhar. Pegou na mala e saiu sem uma palavra.

Em casa, um banho quente. Meteu-se na banheira respirando profundamente enquanto a pele se adaptava à temperatura da água, num arrepio ao contrário. A cabeça submersa e, por um instante, no silêncio oco daquela espécie de útero, sentiu-se melhor do que do lado de fora.

Na manhã seguinte, percebe que a outra lhe metera o diário na mala. Não o leu. Ficou pousado no móvel da sala, misturado com bugigangas sem interesse, depois de inúmeras tentativas para o devolver. A cada uma delas, metia-o novamente entre as palmas das mãos, de modo solene. Eram as melhores amigas e insistia nessa amizade inventada, ignorando os sinais de claro desconforto de Celeste. Esta refletia sobre a obsessão: primeiro, tentou compreender, sair de cena com elegância, recusar convites, mas todos os dias recebia recadinhos amorosos, corações, flores, cartas na gaveta da secretária; e a outra a acenar atrás do monitor, numa infantilidade doentia.

É difícil escapar a tal perseguição no local de trabalho, ante os olhares dos colegas que, não comentando abertamente, decerto o fazem entre eles. Celeste tinha vergonha. Sentia-se constantemente observada, mas agora de um modo que em nada a envaidecia. Recebia alguns olhares estranhos, algo entre a pena e a caridade, e foi-se isolando, permitindo que o elo imaginário da outra a prendesse de modo real.

Com o tempo, Celeste percebeu que outras colegas passaram pelo mesmo. Que havia sempre a mulher anterior, a que ficava feliz com o surgimento de uma nova «vítima». Nunca tinha pensado em si como salvadora de alguém, mas a verdade é que, antes de si, um grupo de mulheres foi passando o testemunho. Uma a uma, libertas pela inocente seguinte.

No fim da linha, Celeste não quis esperar, fez o que era expectável desde há muito, não estivesse toldada pelo absurdo em que se deixara cair. Foi como acordar, voltar a ser ela própria. Numa simples frase: «deixa-me em paz.» A outra de boca aberta, lágrima manipuladora a cair. Celeste firme, sobre a postura dela no local de trabalho, que se afaste e acabe com ideias de amizades delirantes. Terminou com «isso só se passa na tua cabeça» e atirou-lhe o diário para cima da secretária, com uma brusquidão propositada. Bateu a porta com estrondo e caminhou dali para fora bamboleando os quadris em cima dos saltos vertiginosos. Que saudades de ser ela.

A outra sentou-se, aturdida. Tocou no diário como quem revê um amigo, folheou-o com nostalgia, procurando uma página livre.

«Ninguém me vê», escreveu.

De regresso à rotina matinal de se cuidar antes de sair, Celeste percebeu a falta que sentia de começar o dia a mimar o ego. E aqueles minutinhos de atraso? A entrada exuberante na empresa? Celeste é sofisticação, e na primeira manhã em que se sente livre da outra não entende como se pôde desleixar. Pensa nisto enquanto desenha o primeiro traço negro na pálpebra superior. O traço perfeito no contorno de cada olho. Não chega. Carrega no *eyeliner*. Não gosta de subtileza. Olhos rasgados por detrás dos óculos de massa vermelhos, enormes. Batom ameixa. *Blush*. O cabelo cor de amêndoa num apanhado alto, perfume na nuca despida, laca na franja enrolada para cima, trabalhada para o lado direito. Ajusta o vestido preto às bolinhas brancas com o cinto largo bem apertado que realça as ancas e o busto. «Trinta e sete anos e a brincar às *pin-ups*», ri-se. Olha-se ao espelho já com a mala de mão, 1,70 m em cima de 11 centímetros de saltos. Sai, decidida a pisar no passado.

Quando a mãe e o padrasto de Alice morreram na tempestade, fulminados por um raio, tinham decorrido três anos desde essa manhã. O afastamento não foi imediato, pois Alice teimou em demonstrar, ainda durante muito tempo, que Celeste não estava bem e que precisava da sua amizade. Acercava-se dela com o ritual das prendinhas misteriosas, desde quinquilharias artesanais a louças tipo bago de arroz, que Celeste olhava com espanto por reconhecer as velharias que perdera de vista na infância, na cristaleira dos avós. O cerco acontecia na pausa do café, ou numa noite em que era preciso trabalhar até mais tarde. Primeiro, dava a entender que era tudo uma grande ingratidão de Celeste, e, depois, verdadeiramente desesperada, Alice implorava, num pranto, que reconsiderasse renovar os votos daquela amizade.

Da última vez que falaram, Celeste, já de mala ao ombro, revirando os olhos em desespero, entregou-lhe o cartão de um psiquiatra. Pediu-lhe, com uma calma que não soube onde foi buscar, que desistisse.

No funeral, a que compareceu com outros colegas de trabalho, observa Alice. Sente que o tempo não esbateu o sucedido tanto quanto desejaria. Na verdade, apenas se terá habituado a conviver com uma perseguidora, uma mulher que talvez não quisesse mais do que assemelhar-se a ela, escapar da sua própria vida. Acostumou-se a evitá-la, a ignorar os olhares, criando defesas. Outras mulheres começaram a trabalhar na empresa, mas o seu testemunho não foi passado: foram somente usadas por Alice para lhe inspirar ciúme. Oferecia os mesmos presentes às novas colegas, sempre em situações que Celeste não pudesse ignorar, combinava passeios em família, mostrava fotografias dos filhos com a mesma vontade com que exibia um copo partido da coleção de cacos que lhe forrava as paredes de casa. No fim do ano, normalmente na festa de Natal da empresa, usando o barrete de pai natal da praxe, Alice voltava a pedir-lhe outra oportunidade.

Ali, naquele funeral-festa que não compreende, mas que, de alguma forma, encaixa na solidão de Alice, Celeste sente pena da órfã, nitidamente alcoolizada. Desconhecia que Alice tinha perdido o pai aos 11 anos. Pensa no diário entre dois goles de *gin* e na oportunidade desperdiçada de saber mais. Ao mesmo tempo, revolta-se contra a súbita curiosidade de o ler.

Retoca a maquilhagem na casa de banho e Alice entra. Olham-se através do espelho em frente de Celeste. Segura o batom vermelho, não há funeral que lhe altere os hábitos.

Alice aproxima-se até ficarem lado a lado, olhos nos olhos através do espelho. Desabotoa o casaco grosso, tão grosso e de mau corte que Celeste julgara ser do marido. O casaco no chão, os ombros de Alice nus, o decote ousado, como Celeste não imaginava. O peito bonito, erguido, a pele arrepiada em que apetece tocar. Fios lisos de cabelo louro passeiam pelo colo rosado. Sempre toda tapada com roupas desengraçadas, quem havia de imaginar tais curvas, pensa Celeste.

Olham-se, agora, frente a frente. Celeste aproxima-se de Alice e pinta-lhe os lábios finos. As duas bocas abertas num beijo carmim.

CATARINA

«Duas mulheres aos beijos na casa de banho, venho de lá agora!», segreda Catarina ao ouvido da colega. «Estava tão aflita, nem calculas, mas não passei da porta, fui a correr à casa de banho dos homens, graças a Deus estava vazia.»

A colega a rir do ar chocado de Catarina, que chegara à copa muito corada. «E depois? Acho bem que se divirtam, eu já vi de tudo em velórios.» A outra, mais nova, ajusta o avental num laço atrás das costas e fecha a pequena máquina industrial, cheia de copos sujos. Catarina levanta a voz para se fazer ouvir no reduzido espaço de apoio ao bar, por cima do som da louça a lavar: «Uma delas era a filha da morta!»

A colega sai para despejar o lixo, desinteressada da conversa, e Catarina, de anca apoiada no lava-louça e braços cruzados, tenta acalmar as batidas cardíacas com respirações profundas. *O senhor Antero não merecia este deboche!,* reflete, enquanto abana a cabeça em negação.

Devia ter dado ouvidos ao instinto quando surgiu aquela oportunidade de trabalho, mas cada vez encontrava menos casas onde fazer limpezas. As patroas desculpavam-se com a crise, contudo, ela bem reparava nos eletrodomésticos sofisticados, no carro novo, nas obras na varanda a imitar os programas de remodelação de casas que via na televisão. Se não era isso, reduziam-lhe o número de horas, e ela sempre a receber menos.

Não devia. Não devia ter vindo limpar o lixo no velório do senhor Antero. «Coitadinho», sussurra enquanto se benze. *Mas quem é que aluga um espaço de festas para um momento destes?,* pensa, indignada. Ao mesmo tempo, recorda a enteada do defunto em intimidades nos lavabos. *E aquele vestido azul?* Nova benzedura.

Catarina não acredita no que se diz do senhor Antero, que batia na mulher. Mesmo ali ao lado, no bar, ouvira alguns comentários desagradáveis. Não é menos verdade que, com a quantidade de álcool que ali circula, a maior parte das pessoas já não diz coisa com coisa. *Todos a rir e a falar alto, capazes de acordar um morto!*, benze-se rapidamente, dando conta do despropósito. Ainda há pouco, quando recolhia mais um tabuleiro de copos sujos, dera conta de uma conversa, um homem já meio tocado para a médica de saída: «A dona Eduarda, pobrezinha, ninguém fez nada por ela.»

«Essa doutora Adelaide é outra!», resmunga, agitada no espaço ínfimo. «Sempre meteu veneno entre o casal, a polícia ao barulho, acusações de violência doméstica... falsidades..., nisso a mulher do senhor Antero foi séria, não alinhou nos disparates. Não confio nessa médica, armada em boazinha, a fingir que ajuda toda a gente. Se chego ao hospital e é ela quem lá está, volto para casa, só eu sei, às vezes, em que condições, mas não vale a pena aturar tanta conversa por uma receita de comprimidos. Começa logo com ideias de tratamentos sofisticados, fisioterapia, injeções... Atenção à falta de cálcio, dona Catarina, cuidado!» Faz uma careta ao imitar a voz da médica, que lhe sai esganiçada.

Para Catarina é tudo difamação. *Era um homem muito calmo, educado, e não um desses labregos que se metem em zaragatas quando bebem uns copos a mais.*

«Francamente, foi dono de uma farmácia!», diz em voz alta, com veemência. «Era cá de uma elegância...», suspira. Depois olha em redor a verificar se continua sozinha. *Nunca me recusou comprimidos para as dores nas costas, mesmo sem receita.*

Dos tempos em que trabalhara na casa do senhor Antero, recorda um homem delicado, que gostava da casa tratada com primor. Explicara a Catarina que o escritório, o local onde passava a maior parte do tempo, deveria estar impecavelmente limpo, mas que, em alguns dos livros, pela sua antiguidade, ela jamais lhes poderia tocar. Espanadores e panos de pó longe do armário com portas de vidro atrás da secretária. Ela cumpria. Gostava de tratar da casa de um homem sozinho, dando o seu melhor para agradar. Como ele só regressava à noite, Catarina geria o tempo como bem lhe apetecia, aproveitava para deambular pelos corredores a imaginar-se a dona da casa. Apesar de ser uma moradia enorme, ela dava bem conta do serviço. Fazia bastantes pausas para bisbilhotar os livros do escritório, não os do armário interdito, mas os outros, nas estantes. Pegava num livro, sentava-se numa das poltronas e apoiava os pés descalços num pequeno banco forrado a veludo castanho-claro. Entristecia-se por não sentir a suavidade do tecido nobre por ter as plantas dos pés repletas de calosidades. Envergonhava-se especialmente dos calcanhares gretados, extremamente secos. Adoraria frequentar um salão de estética, cuidar de si: unhas, cabelo, rosto, massagens; um dia fútil a ver revistas só com fotografias de pessoas famosas, lindas e bem vestidas.

E era «armada em patroa», como ela dizia, que chamava, com o sotaque brasileiro que aprendera nas telenovelas, a sua criada imaginária, Lisete. Esta dirigia-se a Catarina como «minha senhora» e servia chá ou o que lhe fosse solicitado.

Adorava encostar os lábios no serviço de louça fina, a chávena elegante na sua mão enorme, a pele arruinada pelos detergentes. Parecia uma menina a brincar às cozinhas, tomando uma bebida imaginária, o mindinho levantado, «muito chique, muito chique», repetia, sorrindo.

Quando abria o livro, fingia-se encantada com a história, mas a verdade é que nada entendia. Em criança tivera dificuldades para aprender a ler. As contas foi entendendo para ajudar a mãe na banca do mercado, principalmente com as bofetadas quando se enganava nos trocos. *Devia ser o que agora chamam défice de atenção*, pensa, enquanto folheia as páginas d'*Os Maias,* um livro que tem ideia de ser importante. Podia saber mais se não tivesse ficado pela antiga quarta classe.

Lembra-se bem do dia em que o senhor Antero chegou a casa com a novidade: ia casar. Tinha ela o jantar no forno, uma receita nova, e a mesa posta. Perante a notícia, fez o enorme esforço de se mostrar contente. Sorriu de lábios fechados, como sempre fazia para esconder o dente da frente partido num mergulho mal calculado no rio, numa visita à terra dos avós, em criança, mas queria chorar de raiva. Alimentava a fantasia de que o senhor Antero um dia se apaixonaria por ela, como nas histórias infantis do «viveram felizes para sempre» e, mais tarde, nas telenovelas brasileiras, em que também muitas gatas-borralheiras tinham um final feliz. E essa tal de Eduarda, dez anos mais velha do que ela, já com uma filha crescida, a encher o senhor Antero de preocupações, estando ela disponível para o aliviar de cuidados. Em pouco tempo, foi despedida pela esposa, claro, com a desculpa de que passaria ela a tratar da casa, não havendo necessidade de manter uma pessoa a auxiliar.

«Uma pessoa auxiliar? Eu?», atira, berrando, com um pano de louça ao chão, furiosa. Sente-se a sufocar no espaço acanhado, cada vez mais vermelha. E aquela música esquisita que não para, *os artistas devem ser todos uns drogados*.

Ajusta a bandolete preta com tal violência que arranha o couro cabeludo. Em seguida, compõe o totó grisalho no alto da cabeça, tudo por baixo da rede castanha que é obrigada a usar por motivos de higiene. Velha, sente-se velha, a face ressequida, cada vez mais pele pendurada na zona interior dos braços e na barriga, o rabo enorme. Mesmo assim, consegue, com esforço, apanhar o pano do chão naquele cubículo. Pensava muitas vezes em como estava acabada, principalmente quando se cruzava com Eduarda na rua. Se fizesse a comparação entre as duas, a outra sempre janota com os seus óculos de sol, feliz da vida, e ela, apesar de mais nova, parecia há muito a mais velha das duas.

Seca uma lágrima saudosa do falecido, «era de boas contas, não falhava», e fica a matutar nas injustiças da vida enquanto tira os copos da máquina, já secos, prontos para mais uma rodada.

ADELAIDE

Adelaide passa-lhe as notas para a mão e despe-se. Ele conta o dinheiro e, satisfeito, guarda-o no bolso interior do casaco. O valor depende do tempo, já combinado ao telefone. David, se for esse o seu verdadeiro nome, não deixa pormenores ao acaso.

Deitada na cama, Adelaide observa-o a tirar a roupa; aprecia o corpo jovem debaixo do fato azul de bom corte. Ele despe-se para ela, desabotoa devagar a camisa preta, ligeiramente cintada. O cabelo castanho-escuro, um pouco mais comprido na frente, provoca um jogo de sedução, não inocente, entre os dois. Atrás dessas madeixas mais longas, o olhar azul, quase transparente, brinca às escondidas com ela enquanto despe os *boxers*.

Começam.

Encontram-se sempre no mesmo hotel, no mesmo quarto, desde o dia em que ela decidiu experimentar os serviços de uma agência de acompanhantes. Primeiro usou o *Tinder*, mas teve receio da exposição; vergonha de alguém conhecido dar com o seu perfil numa aplicação de encontros amorosos.

David é discreto, após alguns encontros sugeriu que o contactasse diretamente, e essa foi das conversas mais longas que tiveram.

Adelaide nunca atribuiu muita importância ao sexo. Nesse campo, o seu casamento com Jorge era morno, exceto talvez no início, por ser novidade. Para Jorge, um homem pacato, o dia a dia antes da reforma era uma sequência de rotinas das quais não abdicava (casa, comprar o jornal desportivo, café, trabalho, regresso a casa passando pelo quiosque a tentar a sorte numa raspadinha), talvez mais por dependência do que por gosto. O desinteresse da mulher era-lhe cómodo, não sendo, ele próprio, muito sexual. A indiferença mútua foi aceite por ambos, como um código privado sobre o qual pouco falavam. O essencial é «a forte amizade e o companheirismo que nos une», diziam. No entanto, quando passavam demasiados meses sem um contacto mais íntimo, combinavam uma noite favorável aos dois para manter a normalidade.

Agora, a normalidade é isto: ela e um *gigolo*.

Os dois nus, na cama. Lençóis revoltos, uma almofada no chão. Foi rápido, como sempre, por causa das impaciências dela. Para David é estranho, as clientes costumam pedir mais carinho, alguma conversa, por vezes uma bebida para ajudar a relaxar. A maioria é mais velha, mulheres divorciadas ou viúvas, entre os 50 e os 60 anos, como Adelaide. Mulheres solitárias que, por vezes, pagam para ele as escutar. Chega a sentir-se mal por aceitar dinheiro nessas circunstâncias, mas nunca recusou. Tem um plano. Quer ser rico. E depressa. Por isso, nada de borlas.

Adelaide não duvida das habilidades de David, mas rejeita os preliminares, só quer chegar ao fim. Parece que é ela a prostituta, a despachar o assunto. A verdade é que nunca o fez de outra forma e tem medo de se tentar pelas insinuações dele, por isso recua com ordens. Ao mostrar quem manda, espera que a sua ingenuidade não seja demasiado evidente.

David sai da cama em direção à casa de banho. Ela admira-lhe os ombros largos e as nádegas firmes; a pele bronzeada, mesmo em janeiro. Não há qualquer gordura no corpo trabalhado; muitas horas no ginásio, tratamentos de pele, talvez até consumo de esteroides anabolizantes.

Senta-se na cama, os pés na alcatifa castanha gasta, unhas pintadas de vermelho. Logo em frente, um espelho. Olha-se despida na cama de um hotel de encontros. Não é demasiado mau, para quartos alugados à hora, as toalhas foram trocadas e os lençóis cheiram a amaciador. A decoração é quase agradável, o mesmo tom de azul nas cortinas, na colcha e nos *abat-jours*. Numa das paredes, o papel está descolado por causa da humidade, rios de mofo descem do teto, criando estrias negras nos motivos florais suaves. O colchão tem uma cova no centro e algumas molas soltas.

Uma vida sem sexo não é normal.

A culpa de o fazer com o amante e não com o marido, mesmo após a declaração do fim da atividade sexual em casa.

Quando se reformou, Jorge encontrou novas rotinas. Continuou a sair de manhã e de tarde para comprar o jornal e a raspadinha, mas passou a dedicar-se a construções de madeira encomendadas *online:* réplicas do Titanic, da Torre Eiffel, do Expresso do Oriente, do Big Ben e da Estátua da Liberdade proliferavam pela casa. Orgulhoso da sua arte, foi-se aplicando com mais empenho a cada novo modelo recebido: lia e relia as instruções, estudava o esquema final, que afixava num painel colocado na parede do escritório para o efeito, e passava dias, os que fossem necessários, a juntar e a colar peças, até obter o resultado esperado.

Foi no meio de uma colagem que informou Adelaide: «Também me reformo de fazer amor.» E continuou, em silêncio, o trabalho minucioso de edificar o Convento de Mafra. Ela olhou-o com espanto, pousando no regaço o livro que estava a ler.

Resta-lhe a medicina, que exerce em dois hospitais. No hospital público sente-se mais útil, mais próxima das pessoas, apesar da frustração por se envolver demasiado nas histórias de vida dos doentes, e não conseguir, realmente, fazer a diferença: mulheres violentadas, crianças subnutridas, idosos desamparados. Eduarda é o exemplo mais marcante, ainda mal resolvido na sua cabeça. No privado, onde também trabalha nas urgências, há casos semelhantes, no entanto, o paciente tende a criar uma distância que a incomoda. Muitas vezes é difícil chegar a quem acha que está a pagar por um qualquer serviço. Sente-se um bocadinho menos médica. Nos casos de violência doméstica é ainda mais difícil chegar às vítimas, muitas vezes figuras públicas.

Nas noites em que está de serviço dá por si a matutar na reforma do sexo, durante uma ou outra pausa na madrugada. Não consegue definir o que sente em relação à decisão do marido. No imediato sentiu alívio, que logo contrariou mentalmente: é médica, conhece as necessidades físicas do corpo, estudou-as, fazer sexo é natural. Então porque não lhe sente ela a falta?

Pensou em consultar um especialista, um sexólogo ou um terapeuta para casais, mas estava fora de questão tirar Jorge do seu novo *habitat*, o homem parecia uma criança a brincar com legos, não queria mais nada da vida.

Se ao menos ele a tivesse acompanhado ao maldito velório... não teria ligado a David. «Se, se, se», repete, já de pé, caminhando de um lado para o outro no pequeno quarto. David regressa e deita-se na cama, provocador. As mãos atrás da cabeça. *É tão novo*, pensa.

No fim, sempre o mesmo buraco no peito.

Com o marido ao seu lado talvez não tivesse sido tão difícil. Normalmente não se deixa perturbar, mas naquele local parecia que até os vivos cheiravam a morte. A música e o álcool tornaram tudo mais pavoroso. Eduarda já estava morta por dentro há anos, e a filha... achou-a tão sinistra naquele casaco grosseiro... sente um arrepio ao recordar a história que Alice lhe contou. Puxa o lençol e aconchega-se enquanto tenta apagar a imagem do rapaz a sufocar.

É fácil ceder depois de uma noite assim.

Quando estava no carro, imaginou-se a regressar a casa: abriria a porta, a luz ténue ao fundo do corredor, o silêncio absoluto. Aproximar-se-ia do escritório, Jorge absorto no quebra-cabeças, ignorando-a, reformado da vida.

Falou sobre isso na última consulta com o doutor João Lourenço: é difícil conter-se com o marido cada vez mais afastado. Ele desistiu do sexo, cansou-se, disse-lho quando voltaram a falar no assunto, como quem diz «não me apetece comer a sopa». Que se fartou da pressão constante para fazer amor; toda a vida Jorge disse «fazer amor». Falou com calma, sentado à secretária, com centenas de peças de madeira espalhadas na sua frente, e foi muito claro: «Chega, Adelaide, quero uma reforma pacata a fazer o que gosto.»

«Se ele ainda me quisesse, eu não tinha de me enfiar na cama com um *gigolo*.» E não resistiu à caixa de lenços de papel, mesmo na sua frente, que parece estar ali para a fazer chorar. Lágrimas em todas as sessões.

E, de repente, a voz grossa do psiquiatra, a frase já conhecida que, mesmo fora do consultório, ouve em *loop*, como o refrão de uma música pimba: «Adelaide, não pode colocar o ónus das suas atitudes nas ausências do seu marido.» Ela baixou os olhos para o crachá de plástico azul com o símbolo da clínica, na lapela do médico, como quando o ouviu dizê-lo pela primeira vez. «Além disso, o conceito do que é normal é discutível, não há regras. A Adelaide já me disse que o sexo nunca foi muito importante para si, então porque é que o procura, agora que o seu marido libertou ambos dessa pressão?»

Adelaide em silêncio. Sempre a mesma pergunta, e ela sem resposta.

Numa das vezes, enquanto esperava pela consulta, deu por si a observar uma rapariga. O seu cabelo era lindíssimo: preto como um corvo, caindo-lhe, espesso, pelas costas. Não se podia ficar indiferente àquele cabelo. Beatriz, memorizou o nome dela quando a chamaram. A rapariga levantou-se depressa e, muito direita, entrou no consultório.

Tem um pensamento recorrente: «Sou a mais velha em todo o lado.»

Deixa cair o lençol e aproxima-se do seu reflexo. Toca no cabelo bem tratado, que mima todas as semanas no cabeleireiro. Raízes impecáveis, os brancos tapados pelo castanho que ela acha mais próximo da sua cor natural; após tantos anos de colorações, já esqueceu o tom exato. O corte médio assenta-lhe bem no rosto quadrado. Puxa as maçãs do rosto com as mãos em direção às têmporas. Detesta as rugas, as mamas descaídas, a celulite na barriga e nas coxas, apesar da magreza. O que pensará dela um rapaz com pouco mais de 20 anos? Na própria mãe? Afasta a ideia com repugnância, ao mesmo tempo que volta para a cama.

«Mais meia hora?», Adelaide com uma nota de 100 euros na mão.

Ele entre as coxas dela.

EMA

Não vou chorar, não vou chorar, não vou chorar, não vou chorar, repete para dentro. Engole as lágrimas e mantém a postura. Sempre. Isto não é exceção.

A filha nasceu ontem. Quando deu entrada no hospital e a examinaram, a confirmação do que ela já sabia. Prepararam-na para o parto. As outras mães a sorrir para os maridos, de mãos dadas. Ela estava só. A filha morta no ventre.

No fim, adormeceu de cansaço. Ou talvez lhe tenham dado algo para esquecer, mas quando acordou a memória magoava: o médico a empurrar a bebé com força, para baixo, para fora. As mãos dele, os dedos abertos na barriga dela: «Força, força, faça força!»

«Epidural, por favor!», o grito honesto, mas descontrolado. Arrependimento automático, «o que seria se andássemos todos aos berros, francamente», a recordação da voz da avó enquanto lhe ajustava o laço na cabeça no dia em que lhe ensinou como se devia beber o chá. Odiosas vozes, parecem metidas num *chip* qualquer que lhe implantaram, programando-a para sempre.

Sempre o maldito «por favor» colado às frases. *Foda-se!* Apetecia-lhe tanto dizer *foda-se, foda-se, foda-se*. Gritar com o médico, com as enfermeiras, com os enfermeiros, com o pessoal da limpeza, mandar foder toda a merda do hospital.

«Controle-se!», a voz da mãe, como um alarme, dentro da cabeça. «Que modos são esses, Ema?», a mãe, excessivamente magra, no seu penteado perfeito e fato de bom corte, ensinando-a em criança: o olhar no chão, as pernas juntas, as mãos nos joelhos. Lembrar-se das regras ali, de pernas abertas, apoiadas nos estribos da marquesa, o cabelo suado, colado à testa. «Controle-se», repete baixinho, uma lágrima foge.

Aguentou. O anestesista não apareceu. *Se o Vasco aqui estivesse*, pensou, *havia de revirar o hospital de cima a baixo (sorrindo ao topo, pisando na base) até desencantar o maldito anestesista.* Mas o marido viajara.

«Precisas mesmo de ir?», perguntou ela, olhando o pequeno *trolley* de executivo aberto em cima da cama. «As coisas podem não correr bem... com a Ritinha...»

«Ema, não comeces com pessimismos, sabes como este negócio é importante, não insistas», ele ajustando o nó da gravata azul-petróleo. «Se a reunião correr bem, compenso-te com aquelas malas e aqueles sapatos que adoras.»

«Não é preciso, eu também trabalho, posso comprar malas», ela de braços cruzados por cima da barriga.

Vasco aproxima-se, pousa-lhe as mãos no rosto, uma de cada lado, e beija-lhe a testa. «Minha querida, trabalhar não é brincar às empresas», vira costas e chama a empregada, que carregue a mala para baixo e ligue a um táxi para o levar ao aeroporto.

Ela só, no quarto. A sensação de que ser mulher é estar sempre uns degraus abaixo.

Ema gostava que a tivessem posto a dormir quando soube que a filha tinha parado de crescer dentro da barriga.

Apagar e esquecer.

Ninguém imagina o que é ter um bebé morto dentro de nós, queria dizer aos médicos que precisavam de mais uma semana, de mais um dia, de mais uma hora, para terem mesmo a certeza, para ver se a menina se decidia a crescer. A alimentar-se da mãe.

E eu? Eu não decido nada?, apetecia-lhe perguntar, *eu nem quis engravidar!* O corpo não era seu, servia o propósito da família, o fardo de trazer ao mundo a geração seguinte, de sorrir abraçada a Vasco, as crianças na frente, três de preferência, para um artigo de várias páginas numa revista social. E o irmão sem obrigações, só por ser homem, toda a vida a fazer o que lhe apeteceu, incólume. Mas calou-se, de mão dada com o marido, que dessa vez não arranjou desculpas para faltar à consulta.

Por vezes, fingia que acreditava que a filha a podia escutar, e perguntava, gentil: «Porque é que não comes, Rita?», as mãos a passear pela barriga à espera de a sentir mexer como resposta. Mas já não havia ligação. Ela pedia-lhe, mesmo assim, como se faz aos filhos já crescidos quando empurram os brócolos para a beira do prato: «Vá lá, sabes quantos meninos não têm o que comer?»

«Rita, ouve-me, Rita.»

Ter de passar por tudo outra vez. Superar a situação, sabia que para a família seria uma situação e, claro, voltar a engravidar. Era o que se esperava dela.

Talvez o pior tenham sido os sussurros do lado de lá da cortina azul, no fim de tudo. A espera. Queria que a limpassem e lhe dessem as suas roupas. Mala ao ombro e dali para fora. Conseguiria andar?

O que fazem com a minha filha morta do lado de lá?, pensou.

Acabaram por trazê-la, embrulhada num lençol do hospital, letras brancas no tecido azul, um barrete na cabeça, *o nariz do pai*, reparou.

«Quer tirar uma fotografia com ela?», perguntou a médica com a menina ao colo. «Alguns pais querem, para recordação», acrescentou com voz doce. Ema reparou na máquina *polaroid* pendurada no pulso da mulher. Dr.ª Adelaide no bolso da bata branca. Olhos azuis, máscara e touca.

Imaginou que fosse brincadeira, um delírio, um anjo suave de olhar cristalino ali? A propor um tal absurdo?

O *flash* cegou-a. Sentiu-se a cair durante muito tempo. A menina fria junto ao peito.

Já em casa, fica nua ao espelho. A barriga, uma montanha de carne com duas mãos desenhadas, já escurecidas. Pousa as suas mãos por cima das nódoas negras, sobram dedos. *Que grandes mãos tinha a besta do médico.* Cerra os dentes. *Não vou chorar, não vou chorar, não vou chorar, não vou chorar*. Respira fundo. Veste o roupão azul, ajustando a fita na cintura dilatada. Pega no telemóvel e abre a agenda. Organizar-se, é isso, *um bom planeamento é solução para tudo*. Força o sorriso. *Voltar ao ginásio e marcar nutricionista.* Num cálculo rápido, *três meses para recuperar a forma, perfeitamente a tempo da praia.*

E regressar ao escritório, claro. Amanhã. Envia SMS a Beatriz, *ela que não pense que pode relaxar por causa disto. Por causa disto. Por causa disto.*

Pousa o telemóvel na mesa de cabeceira e medita na frase. *Por causa disto*. Três palavras em *loop*. *Ninguém sabe. Ninguém sabe.* Nova frase em *loop*. Ninguém sabe. Só Célia, a empregada, que a ajudou no regresso a casa. E o marido, sempre em viagem.

De novo em frente ao espelho, solta a fita, o roupão desliza até aos pés.

Ninguém precisa de saber o que aconteceu. Afinal, ainda faltam quatro semanas para a Ritinha nascer.

Sente alívio nesta mentira. Já não precisa de suportar os pêsames e os lamentos fingidos. Ter de aceitar condolências com o sorriso moderado, sem parecer feliz, para que ninguém lhe perceba o alívio, ninguém desconfie que a maternidade não é para ela, mas dando a impressão de que se aguenta tudo; sorrir na medida certa, tendo em conta a dimensão da tristeza. «Controle-se», os lábios cerrados e o olhar duro da mãe. Aquela voz sempre a lembrar o que é ser princesa.

E depois? E depois? E depois?

Não sabe.

Passinhos escada acima. Mão de criança esticada para alcançar o puxador, do lado de fora. Tomás entra no quarto ao mesmo tempo que Ema se esconde na casa de banho. Ela mete-se na banheira vazia sem acender a luz, tira o som ao telemóvel e manda mensagem a Célia: «Por favor, venha buscar o Tomás ao meu quarto. Faça de conta que eu saí.»

Apoia as costas numa almofada impermeável. Deixa-se arrefecer na banheira gelada. Aguenta mais um pouco até o filho sair do quarto e ela poder ficar em paz. Não gosta de ser mãe e agora sente-se outra vez no início da corrida. Carregar outra criança por nove meses, fingir um instinto maternal, sorrir quando lhe tocam na barriga. O corpo das grávidas é público. Mas não podem ficar apenas com o Tomás. E as conversas nas suas costas? Os risinhos e os comentários sobre a família imperfeita. «Coitada, não conseguiu», as amigas, cheias de filhos. Tinha logo de perder a Rita! Dizem que é mais difícil gerar meninas, e é fundamental ter pelo menos uma a quem ensinar o que é ser mulher. *É estar sempre uns degraus abaixo dos homens*, pensa, sarcástica.

Revoltada, consome-se em pensamentos deprimentes acerca de quantos rapazes até chegar outra vez a Rita. Sim, manterá o nome, é bonito.

Célia entra no quarto, toca nos caracóis do menino com doçura. Sente pena. Tomás, três anos, está deitado na cama dos pais, do lado da mãe, abraçado à almofada dela. Chama-o com meiguice moderada, há uma frieza a manter. Adora crianças, mas faz o esforço de olhar para Tomás como patrão. Este seguirá a linha que se espera dele. E nessa linha Célia é nada. Pega-o ao colo, pousa-o no chão e leva-o de mão dada.

Ema sai da banheira a custo, tem dores. Avança devagar para a cama, deixando um rasto de gotas de sangue no chão. Toma um comprimido, deita-se e aconchega-se no edredão de penas. Esfrega os pés um no outro até adormecer.

Passa o dia seguinte deitada, sem forças nem apetite, apesar de Célia insistir para que coma uma canja. Senta-se com dificuldade, fica agoniada com a colher na mão, sem conseguir comer. Pede-lhe para ficar sozinha e que leve o menino a passear. Passa o dia no quarto, entre a cama e a *chaise longue*, a tomar o dobro dos comprimidos prescritos para as dores. O cabelo comprido, de um castanho-claro brilhante, está baço. A tez adquiriu uma tonalidade acinzentada e as olheiras escuras dão a sensação de que os olhos estão no fundo de dois buracos negros.

Pega no telemóvel e procura o marido através do localizador que escondeu no forro do *trolley*. Aparentemente, Vasco está em Barcelona, para onde disse que ia. *O Sr. Esteves tinha razão, este equipamento funciona muito bem, apesar da distância.*

Entra no *Tinder*, que usa com perfil falso: Carlota, uma ruiva disponível. Por vezes, imagina que é a personagem inventada, que ilustra com fotografias retiradas da Internet. Uma mulher livre, sem pudores de mostrar o corpo e que diz palavrões. Diverte-se a ver perfis de outros homens e a imaginar encontros entre alguns deles e Carlota. Quantas pessoas nas redes sociais a fingir? Imensas, calcula, dada a natureza falsa da humanidade, ela incluída, e a necessidade de controlo. Serão poucos, os que por ali andam em busca de amor ou amizade sinceros. Pensa em si, dentro ou fora das redes, o que escreve ou diz está longe do que lhe vai no íntimo. Chega a convencer-se, em algumas ocasiões, de que é a pessoa construída pela mãe e pela avó, tal a habilidade com que desempenha o papel.

É curioso o que as mulheres fazem umas às outras, parece uma vingança. Foi quase como se andassem anos a criar um monstro, cada ano mais perto do pretendido. Pensa no irmão, vagabundo profissional, costas viradas à família, o mundo para conhecer. *Ser homem é muito fácil. Uma sorte*, o pensamento inevitável ao qual chega sempre, como um muro no fim da estrada.

Admite que, embalada pela própria mentira, a vida corre melhor. Sorrindo, feliz, agradecida pela família, pela dádiva do filho pequeno e da filha a caminho. É mais fácil aceitar, pensar em quantas desejam a sua vida confortável, não fariam caso de infidelidades, alimentando o ego masculino em proveito próprio.

Por isso fantasia com Carlota, uma espécie de guerreira sem medo, o seu oposto. Comprou *online* algumas roupas que se identificam com a personagem, e que gosta de ver, de tocar, não se tendo atrevido a experimentá-las: vários *soutiens* coloridos (roxo, laranja, verde), tons demasiado fora dos limites do bom senso, diria a mãe; cuecas confortáveis, de algodão, também de várias cores, nenhuma coincidente com os *soutiens*. Coisas tão simples, usar a parte de baixo de uma cor diferente da de cima, e que sensação deve ser a de estar a passar um limite. E depois algumas saias curtas e blusas estampadas, muito pouca sobriedade. *Sobriedade,* palavra detestável, assim como *temperança.* Ou *moderação.* As coisas que esperam de si.

Vai trabalhar, é quarta-feira. Sai porta fora bastante cedo ante uma Célia espantada, que fica à janela a medir-lhe o porte altivo a entrar no táxi. *Pelo menos não vai conduzir*, pensa, enquanto afaga o cabelo de Tomás, que se aproximou dela, sonolento, ainda de pijama.

Ema é a primeira a chegar à empresa, não quer que lhe percebam os passos frágeis a subir a escada. Prendeu o cabelo num rabo de cavalo simples, a maquilhagem discreta, mas bem aplicada, dá-lhe uma aparência saudável. Usa um vestido comprido bege, de grávida, debaixo do sobretudo castanho.

Enche a secretária de Beatriz com recados, tem a certeza de que ela passou os últimos dois dias sem fazer nada. Fecha a porta do gabinete e leva a mão à barriga, tem dores. Sozinha não precisa de disfarçar. Tira o casaco e senta-se à secretária, onde fica todo o dia num estado de dormência mental, possivelmente provocado pelo excesso de medicamentos. *Mas não há outra forma de aguentar*, é o último pensamento antes de fechar os olhos, depois de começar a ouvir o rebuliço do pessoal a chegar.

Acorda e pega no telemóvel: quatro da tarde. Tem dores nas costas e nos braços – *Francamente, a dormir à secretária*. A inevitável autorrepreensão. Sente uma pontada no baixo-ventre e levanta-se a custo para procurar os comprimidos na mala. O susto ao ver o assento manchado e a parte de trás do vestido cheia de sangue. Batem à porta. Insistem. Exausta, volta a sentar-se. «Sim?!» É a Beatriz, disfarça como consegue, faz conversa, entretanto, ela já saiu e não se recorda do que falaram.

Vai à casa de banho do gabinete e limpa-se o melhor possível. O sangue parece ter parado. Sente-se fraca, não comeu o dia todo. Veste o casaco e mete a mala ao ombro. Pega no telemóvel e chama um *Uber*. Fora do gabinete, apanha duas empregadas na conversa, terão de esperar pela descompostura. Manda Beatriz tratar dos relatórios.

Já dentro do carro sente algo quente e pegajoso entre as pernas. *É por causa destas coisas, fraquezas como ele dizia, que o papá não queria uma mulher a dirigir a empresa. Morto, não há nada que ele possa fazer em relação a isso*. O pensamento dá-lhe vontade de rir, mas não consegue, a dor surge tão forte que a obriga a pedir mudança de percurso: «Para o hospital, é urgente!»

BEATRIZ

«Doutor!», sorriso ensaiado e olhos brilhantes, benditas gotas. «Sinto-me bem. Quero parar com os comprimidos.»

O médico acedeu, animado, decerto feliz com o sucesso do tratamento. «Na primeira semana, toma meio comprimido, dia sim, dia não. Na segunda semana, meio comprimido de dois em dois dias. E para.»

O primeiro passo para se livrar dos antidepressivos. Beatriz convenceu-se de que não consegue escrever sob o seu efeito.

Antes vivia elétrica,

nervosa.

Essa energia negativa dava-lhe histórias.

O desconforto,

a frustração

espicaçavam-lhe a criatividade.

Com a medicação, a janela fechou-se.

A paz química revelou-se um obstáculo à escrita. A superficialidade de quem vive com a ficha desligada, como ela dizia. E as falhas de memória, cada vez mais frequentes, levavam-lhe as ideias para longe: escapavam-se no momento em que se preparava para as anotar.

Em oposição a estas sensações, começou a reparar em si, a preocupar-se com o aspeto físico. De repente, o *closet* tornou-se pequeno com tantas roupas novas, aprendeu a maquilhar-se, sentia-se bonita, mais sociável, saía para jantar ou beber um copo com homens que conhecia casualmente, nada de sério, mas o oposto a ir para casa ao fim do dia, fechar as persianas, fumar um charro, e fingir-se de morta caso alguém tocasse à campainha, como sucedia antes.

Os primeiros tempos do tratamento foram duros: sempre atordoada, um nó no pensamento, a cabeça vazia como se uma equipa de limpeza lhe tivesse esfregado o crânio por dentro. A brilhar como uma pista de gelo. Depois, deixou de ser ela. Se calhar foi por isso que tudo melhorou na sua vida. Passou a rir-se de situações que noutros tempos considerara dramáticas, até de pessoas detestáveis, e nada lhe tirava o sono à noite.

Diziam-lhe que tinha talento, que era pena desperdiçá-lo. Banalidades que acabam por envaidecer uma pessoa. Enfim, ler é fácil, mas sabe lá, quem lê, o que custa, por vezes, juntar duas palavras sem as odiar?

Desejava voltar a escrever. Ou precisava. Era um hábito, despejar palavras, um hábito que se perdeu a cada comprimido, um por dia, de manhã. É estranho não gostar particularmente de uma coisa, mas precisar dela. O resultado de um texto nunca é satisfatório. Entre a cabeça e o teclado voa um mundo de gente que se mete em cada pensamento, que fere as ideias, rouba o foco, e que leva, normalmente, o indicador ao *delete*.

Estava decidida. O difícil seria aguentar o mundo sem os medicamentos.

«E depois volta?»

«Como?», o médico por cima dos óculos meia-lua.

«A realidade, doutor. Depois volto a sentir a realidade?»

«Sim, penso que sim…»

«Dói muito? Esse regresso, quero dizer...», fez-se de forte, mas deixou escapar sinais de insegurança, não parava quieta com as mãos.

«Costumava doer-lhe?», roda a caneta de tinta permanente no bolso da bata branca. Dr. João Lourenço, Psiquiatra, crachá de plástico azul com o símbolo da clínica.

Muito. Cada dia um embate, como um mergulho para o fundo, onde a pressão nos rebenta o corpo. Sorri em silêncio.

«Beatriz, não precisa de deixar os comprimidos, podem tomar-se anos a fio...»

«Mas se estou melhor... já lá vão dois anos, doutor. Não quero recuar.» Faz-se forte, sentada muito direita. Tem frio.

Ela sabe que a felicidade a sério não é para si. Sente tudo com muita intensidade, um sorriso faz doer. É como se houvesse sempre algo no caminho, palavras em que tropeça, frases que guarda demasiado tempo, pessoas que lhe passeiam por dentro. Mas precisa disso. O sofrimento é o gatilho para os seus textos.

«Vou passar uma receita para os sintomas de abstinência», diz o médico, tirando a caneta do bolso.

«Como?»

«Só em SOS, Beatriz, não se preocupe.» Sorri e coça a barba branca.

«Qualquer coisa, ligue-me, já sabe.»

Anuiu. Um *bip* e a receita entra na caixa de mensagens.

Anotou tudo num papel que deixou na mesa de cabeceira. Nos dias «sim», escreveu «tomei», nos dias «não», escreveu «não tomei». Era esperar.

Vieram os sintomas de abstinência, tonturas e ansiedade, que foi controlando com outro comprimido. Dores de cabeça. Confusão. Pânico. Obrigava-se a sair de casa, mas o medo era gigante. A chefe voltou e ser insuportável e começou a ir ao seu quarto à noite.

Quando fecha os olhos, na cama, a luz do computador liga-se dentro da sua cabeça. *Scroll up*, *scroll down*, folhas de cálculo infinitas, milhares de células para preencher, bases de dados que constrói sem entender a lógica, porque «não consegue ver mais além». É ela, a chefe, que o diz, no intervalo dos dois chavões habituais, «sair da zona de conforto» e «ser mais proativa». «Sim, Ema», responde, *grande cabra*, pensa, *que saudades dos dias em que seres assim me fazia rir*. E tudo só com um comprimido branco, oval, ao pequeno-almoço.

Eu não quero ver o teu mais além. Eu não quero estar aqui.

Abre os olhos, continua na cama, imagina Ema sentada na cadeira onde acumula a roupa, abanando a cabeça por causa da desordem, indicador no pulso porque a tarefa não foi cumprida dentro do tempo estipulado.

«Porque não sou um *robot*! É por isso. Faço o trabalho e demoro o tempo de um ser humano! Sou uma pessoa e tu queres que eu seja uma máquina», grita, mas a frase sai pegajosa, tem a boca cheia de lágrimas. Abraça os joelhos, sentada na cama, e chora para dentro.

Dizem que chorar faz bem, mas para fora. A Beatriz provoca um sabor esquisito na boca, como qualquer coisa que sobe, vinda de onde?, pergunta-se. Talvez da alma, se a tiver, e que lhe deixa uma sensação esquisita nos dentes. Corre para o espelho, tem tanto medo de os perder, que apodreçam, como nos sonhos em que acorda suada e leva as mãos às gengivas vazias. Olha para baixo e os dentes estão caídos no regaço.

Depois, acorda a sério.

Chorar, para dentro ou para fora, não pode ser uma coisa boa. Numa época, chorava todos os dias um bocadinho durante o banho, para ir tudo pelo ralo: espuma, pele morta, suor. A toalha acolhia uma tristeza imensa. Ia direta para a sala, a pingar o chão, e adormecia o corpo com um *whiskey* enquanto ensopava o sofá. Para adormecer a cabeça, uma segunda dose.

Empurra o edredão e senta-se de pernas cruzadas, sem meias. O vizinho de baixo puxa o autoclismo.

Já parou os comprimidos há um mês e continua com medo do computador. Nem o artigo para a revista *online*, e está mesmo em cima da data. «Porque é que me comprometi com isto?», resmunga. Quando chega a casa, inventa máquinas de roupa, passa o pano do pó duas vezes no mesmo local, organiza as roupas três vezes, a primeira por cores, a segunda por tipologia de vestuário, a terceira para ficar como estava no início: confuso de modo a que ela consiga encontrar tudo.

Já passa da meia-noite quando liga o computador e escreve o artigo de rajada, tentando não pensar, o cérebro a nadar em *gin*. Envia por *e-mail*, sem rever. Há qualquer coisa de doentio neste desejo de rejeição, como a querer dar-lhe razões para desistir da escrita. Seria mais fácil, voltava aos comprimidos, só um por dia, que diferença, céus, que saudades de rir por coisa nenhuma. *Aceitar a vidinha e dar graças*, pensa. Olha a lamela na mesa de cabeceira, por cima da pilha de livros. Desliga o computador e mete-se na cama, sem sono, à espera de que o despertador a liberte da noite.

É terça-feira, e da Ema nem sinal. Ontem, todo o dia sem notícias, um alívio, nem uma SMS para amostra. Imagina-a morta, é inevitável. Os pensamentos já vão no funeral, o cortejo de trabalhadores maltrapilhos a par com a família. Ninguém a chorar. Uns disfarçam a vontade de comemorar, outros porque a tristeza é uma coisa privada.

Almoça da marmita com talheres descartáveis enquanto pesquisa *online* sobre prisões. Bebe um café com calma e fuma um cigarro nas traseiras da empresa com alguns colegas. Chega a casa cedo, tão cedo que nem sabe o que fazer no tempo extra. É assim sair a horas. *Vai escrever*, aquela voz mandona a encostá-la à parede, e ela a fazer-se de mouca. Mas como ignorar as vozes dentro da cabeça? Mais um olhar à lamela, mas não, *eu não preciso de comprimidos, eu preciso que a Ema morra*. E ri-se. Foi um dia bom.

Quarta-feira e a secretária já está cheia de recados às nove da manhã. Aquela letra retorcida em dezenas de *post-its* amarelos à volta do monitor. Silêncio no escritório, todos com a cabeça metida nos teclados, cada posto de trabalho um calabouço. Os saltos altos da Celeste atravessam a sala até à fotocopiadora. Sorri e pisca-lhe o olho do lado de lá do vidro. Beatriz acena-lhe do lado de cá, parece que está dentro de um aquário. Aprecia os olhares de Alice ao longe, que tira as medidas ao rabo de Celeste, bem encaixado numa saia justa, tipo lápis, pelo joelho. Senta-se. Faltam-lhe as forças. Chama «fraca» a si própria e fica a olhar a tira de luz por baixo da porta da chefe. *Ela voltou*. Enche-se de tristeza ao ritmo das folhas fotocopiadas de Celeste. Zum-zum, zum-zum, zum-zum, zum-zum, papéis sem fim a subir e a descer das bandejas da máquina. Começa a ler os recados. As paredes parecem aproximar-se, uma gaiola ao seu redor.

Trabalha em silêncio e vai respondendo às tarefas por *e-mail*. Não há resposta dela. Telefonemas, zero. Nem uma reclamação sobre uma cor que não é suficientemente azul? Não há uma linha um milímetro fora do lugar? Nada de comentários sobre a sua falta de motivação para abraçar aquela nova e genial tarefa que a vai obrigar a fazer uma direta, mas que a enriquecerá a um nível que ela, sozinha, jamais conseguiria?

É estranho. E se ela estiver morta lá dentro? Se lhe deu alguma coisa? Beatriz levanta-se devagar, de ouvido à escuta. Apoia a mão esquerda no puxador da porta e prepara os nós dos dedos da direita. Hesita. Decide ir buscar um chá. *Sim, é uma boa desculpa para entrar*.

Avança com a chávena fumegante, dois toques suaves na porta. Nada. Com mais força. «Sim!» Está viva, pensa, meio aliviada, por não querer encontrar ali um cadáver, mas desapontada por ela ainda existir. De súbito, uma imagem forma-se na sua cabeça: cadáveres esmagados por árvores tombadas. Apenas um instante antes de tudo ser ventania.

Entra. Diz «Olá!». Ema parece-lhe pálida, mas rapidamente encaixa o sorriso habitual, eliminando qualquer hipótese de problema. É assim ser perfeita, lamenta-se Beatriz, distante de tais feitos. Finge-se interessada, é o mínimo. Pousa o chá na secretária e pergunta pela bebé, se está tudo a correr bem. A tudo que sim, claro, glamorosa como sempre. Quando se aproxima para um beijo, só um, estranha que Ema se mantenha sentada e não a envolva no abraço a meio-corpo do costume, braços esticados, muito espaço livre entre os corpos, mas ignora. De repente, só quer sair dali e voltar para o seu posto de trabalho-aquário.

Sai, fechando a porta. *Nem agradeceu o chá*, resmunga para dentro. Continua as tarefas. *Follow ups*, telefonemas, *e-mails* sempre a entrar. Alice vem fazer conversa que ela finge ouvir, acenando com a cabeça, mas evitando o contacto visual para abreviar a coisa. Depois lembra-se de que a colega perdeu os pais num desastre e faz um ou dois sorrisos forçados. Compensação por não ter ido ao funeral. A outra aproveita-se logo da pequena brecha, aproxima-se e toca-lhe no cabelo espesso, que hoje usa solto, arruma-lhe uma madeixa para trás, junto ao pescoço, com uma elegância que Beatriz lhe desconhecia. Alice pergunta a marca do amaciador, que parece ser excelente e gaba-lhe os pequenos brincos de prata. E depois elogia-lhe a orelha. E se Ema não abrisse a porta de repente, havia de continuar pela linha do colo, do ombro, numa pesquisa exaustiva de temas sobre o seu corpo, as roupas, levando a conversa para as compras que fez na loja X, depois de convencer Paulo a gastar muitos euros em roupas exclusivas. Mentiras, toda a gente sabe que compra as roupas à saída do metro, às escondidas do marido.

Assustam-se, claro, apanhadas a fazer nada em plena tarde, Alice sentada na secretária, ainda por cima. No entanto, Ema apenas pede que Beatriz lhe deixe os relatórios de final de dia na secretária. Ajusta o casaco por cima da barriga e desce a escada sem um «adeus» ou um «até amanhã», de telemóvel na mão. Sem qualquer advertência. Apenas um tímido olhar de reprovação, que talvez se pudesse confundir com tristeza. A porta bate e algumas cabeças olham por cima dos monitores. Nascem sorrisos. Todos começam, por fim, a respirar.

A tarde segue com alguma leveza, as paredes recuam, mas o trabalho é tanto que, quando Beatriz olha em frente, pela sua pequena janela com grades ao alto, já é de noite. Levanta-se e, fora do aquário, secretárias vazias, cestos de lixo cheios de papéis e copos de café. Tem um breve pensamento sobre o ambiente atafulhado de coisas descartáveis, no futuro, nas crianças, apesar de não ter filhos. Pensa nos filhos de Ema e vê-os a espezinhar o mundo, mesmo a que ainda descansa, sossegada na barriga.

Tenta afastar os pensamentos. Apaga as luzes, é a última. Antes de sair, deixa os relatórios na secretária, cumprindo ordens. Detesta cumprir ordens, ser boazinha. Vai a meio do gabinete e tem vontade de atirar os *dossiers* ao ar e, depois de caírem no chão, pisá-los com força, desfazendo pastas, folhas, micas. A seguir, deitar fogo a tudo, virar costas, ligar o alarme e fechar a porta com o esmero habitual. Afastar-se-ia, rua abaixo, com a promessa de um incêndio nas suas costas.

Regressa do delírio e deposita os relatórios conforme pedido. Assim é esperado que o faça. Com a tristeza de quem nunca ousou atirar tudo ao ar.

Repara na cadeira fora do lugar, acha estranho, com Ema não há coisas fora do lugar. Um olhar mais atento, o susto. Beatriz, sozinha, a olhar para uma mancha de sangue no assento. Toca-lhe a medo, o dedo vermelho.

Foge dali e, já na rua, lida com a dúvida de ter ou não ligado o alarme.

Em casa, senta-se à secretária e liga o computador. Serve-se de *whiskey*, chocalha a garrafa, dose generosa, bebe um gole e deixa o copo ali ao lado, como companhia. Tem palavras engasgadas, espetáculo e morte.

Masmorra, palavra que surge. O cursor a piscar. Escreve.

Era como se os meus pés não assentassem no chão. Eu seguia em piloto automático para o meu canto. O som familiar da porta a fechar atrás de mim. Desejava sentir coisa nenhuma, ser apenas um corpo que existia.

A manhã acordava-me para um dia igual ao anterior. E ao anterior. Uma sucessão de dias anteriores que deixei de contar. A noite era um bloco de tempo longo, uma imensidão escura que demorava a passar, o frio não ajudava. O dia trazia distrações, apesar de tudo se passar do lado de fora da minha cela. Se havia sol, as grades caminhavam no chão e, quando as sombras desapareciam por falta de luz, era hora de sair. Mas eu continuava presa, mesmo do lado de fora. O regresso era garantido, a ausência durava o tempo das minhas obrigações.

Afastava pensamentos. Mandava-os correr dali para fora ao ritmo da música. Só dessa forma me esvaziava de mim. Só na forma de coisa oca, ser sem alma, podia tolerar aquilo.

Acaba sempre por chegar o momento em que não conseguimos acalentar mais melancolia. Tornei-me um muro de indiferença.

Parecia forte, apesar de tudo.

Beatriz baixa o monitor sobre o teclado. Suga as últimas gotas de *whiskey*, inclinando a cabeça para trás. Deita-se na cama, de lado, sem trocar de roupa e, apoiando a cabeça na mão esquerda, aprecia a rua desde o quarto escuro, o seu casulo. A persiana subida e as cortinas afastadas.

Escreveu algumas palavras. Pega na lamela, ali ao lado, ainda em cima da pilha de livros na mesa de cabeceira, e mete-a dentro da primeira gaveta. Fecha-a com força.

ADELAIDE

«Minha senhora? Minha senhora? Minha senhora?», o motorista da *Uber* a chamar Ema, voltado para o banco de trás, o carro parado na porta das urgências. Primeiro, achou que ela tinha adormecido, mas depois de lhe tocar no joelho uma e outra vez, ao mesmo tempo que continuava a chamar «minha senhora», sem resposta, percebeu que algo não estava bem. Saiu, deu a volta ao veículo, pediu um pouco de paciência ao segurança que se aproximara a avisar «aqui não é lugar de estacionamento», abriu a porta e, quando Ema lhe tombou nos braços, começou a gritar por ajuda.

Adelaide só tivera tempo de ir a casa, tomar um duche rápido, trocar de roupa e seguir para o hospital. Acabara de chegar ao hotel para mais um encontro com David, quando lhe ligaram para substituir um colega doente. Esperavam-na dois turnos nas urgências, o do colega e o seu.

David estranhou que ela não quisesse usar o tempo já pago, saindo do quarto cheia de pressa, mas não fez caso e olhou, sorridente, para o dinheiro em cima da mesa ganho sem esforço.

Era quase uma da manhã quando entrou em casa para trocar de roupa, a luz do escritório acesa e Jorge lá dentro, sentado no chão, rodeado por pilhas de livros. As construções abandonadas na secretária.

«Que fazes?», ela encostada à ombreira da porta do escritório.

«Organizo os livros.»

«Pensei que estivesse tudo em ordem...»

Ele para, olha-a com ar enfadado, e explica que está a arrumar os livros por cores.

«Não tenho tempo para isto agora, Jorge.»

Pelas cinco da manhã, Adelaide consegue fazer uma pausa para tomar café. A caminho da cafetaria entra numa sala onde estão vários doentes a fazer medicação, e desafia um colega a acompanhá-la. Os seus olhos cruzam-se com os de Ema, deitada, com o braço ligado a uma garrafa de medicação, pendurada acima da sua cabeça.

Adelaide reconhece-a, mas não consegue identificar quem é. Ema pergunta-lhe se hoje não tem a máquina *polaroid.* A médica acusa o sarcasmo. Apanhada de surpresa, recorda-se da mulher solitária que, há uns dias, perdera a filha quase no final da gravidez. A menina, tão pequenina, estava completamente formada. Se não tivesse morrido na barriga da mãe, teria hipóteses de sobreviver na incubadora.

«Tem algum prazer em fotografar bebés mortos?»

A pergunta apanha Adelaide de surpresa. O doente do lado abre os olhos e observa a cena. «Desculpe, eu pensei...»

«Pensou? Já agora gostava de saber o que pensou!», Ema levanta a voz e o aparelho que lhe mede a pulsação acende várias luzes.

A mão do médico de serviço no ombro de Adelaide, o sinal para ela sair da sala. Mesmo a tempo, a lágrima que lhe escapa passa despercebida. Fica ainda a observar, através do vidro, o enfermeiro a administrar um calmante a Ema.

Adelaide segue pelo corredor, no sentido oposto da cafetaria, precisa de estar sozinha. Entra no vestiário, fica em frente ao cacifo e não consegue lembrar-se do código para o abrir. Respira. Parece que, por vezes, o ar nunca chega, que as paredes se movem, sufocando-a. Chora sentada no banco corrido em frente aos cacifos. O dela é o número 34. Faz combinações mentais de números, pensa em datas de aniversário, malditos quatro números que lhe fugiram da cabeça. Precisa de abrir a porta, tomar algo para se acalmar. E um cigarro. Que bem lhe sabia um cigarro agora. Pensa em voltar às urgências para tomar um comprimido. Imagina-o a fazer efeito, a sossegar-lhe os tremores. Mas não, tem os olhos inchados, o nariz vermelho, precisa de algum tempo sozinha. Levanta-se e faz mais uma tentativa, as lágrimas continuam a cair sem controlo, nada, devia ter anotado o código, ela sempre convencida da sua memória infalível, de que ela própria é infalível, e agora isto. Parece brincar aos edifícios robustos (lembra-se das construções de Jorge), que, na verdade, voam à primeira amostra de vento.

Sente-se um prédio a ruir.

Uma colega entra, dirige-se ao cacifo ao lado do seu, abre-o, retira uma bolsa, fecha-o e sai.

Um prédio a ruir faz barulho, acumula lixo, levanta pó. Eu sou invisível.

No hospital público não seria assim, convence-se, nenhum dos colegas passaria por ela indiferente, haveria um gesto solidário no ombro, uma palmadinha nas costas, um «estás bem?» com interesse. A ideia anima-a, como todas as ideias que inventa com esse propósito, mas a verdade é que sabe que seria igual. *Ninguém me vê.* Ao menos no outro hospital não necessita de código para abrir o cacifo. Levanta-se de súbito e, com uma força que não sabia ter, dá um soco na porta e a fechadura cede, as suas coisas lá dentro, disponíveis. Olha, espantada, a própria mão, os dedos a latejar, sente um espasmo até ao cotovelo. Tira a caixa de *Victan 2 mg* e mete um comprimido amarelo, redondo, debaixo da língua. Espera que se dissolva depressa. Veste o casaco e confirma o tabaco no bolso. Sai dali e chama o elevador mais próximo, último piso. Enquanto a porta se fecha à sua frente, pensa se lhe irão fazer pagar uma fechadura nova para o cacifo.

Num dos lados do topo do edifício há um terraço de pequena dimensão, ou talvez seja uma varanda grande. É um espaço desperdiçado onde desaguam condutas de ar condicionado. É visitado por fumadores, mas raramente no inverno. Adelaide fica encostada à parede para se resguardar do frio. No céu, observa sinais ténues do dia por nascer. Há lixo no chão. As calças azuis, do serviço, agitam-se ao vento e batem-lhe nas pernas com força. Mal sente os dedos gelados que seguram o cigarro.

Na primeira inspiração de fumo, pensa em Ema de olhos acusadores.

Pensa em todos os doentes que, em anos de serviço, quis ajudar, muitas vezes para lá das suas responsabilidades como médica. Eduarda, sempre Eduarda. Está consciente de que errou em dois momentos: quando a quis convencer a deixar o marido violento e quando desistiu dela. Se tivesse sido verdadeiramente persistente, não haveria pelo que desistir. *Culpa*, a palavra que lhe ocorre numa baforada. Sempre a culpa a remoer depois do fracasso. Culpa de se ter esforçado, de ter falhado, de ter desistido. Quando alguém morre, como aconteceu, para onde se atira a culpa?

«Responda lá a esta, doutor João Lourenço, para onde atiro eu a culpa?», afasta-se do abrigo e grita para a cidade, «Para onde?», repete, mais alto. Continua a perguntar, gritando, como quem deita fora pratos velhos, que se estilhaçam no chão.

Está cansada. Faz tudo pelos doentes. Por vocação, por humanidade, se calhar por não ter filhos e lhe sobejar instinto protetor. É-lhe necessário ajudar os outros, constantemente. Quer curar todos os sofrimentos. Sabe que é uma tarefa impossível, mas não se consegue refrear: é a sua bandeira. Mas depois, o vazio, a tristeza do não retorno. Ninguém o faz por ela e isso magoa-a. Não é bondade desinteressada, sabe-o, apesar de o primeiro impulso o ser. E isso também a magoa.

Na universidade, uma das suas amigas era de uma generosidade ímpar, dizia que a vida retribuía sempre. Desde gorjetas, donativos, passando pelo voluntariado, e até esmolas – estava sempre pronta. Morreu afogada. A vida compensa o altruísmo?

«Não!», grita para a cidade.

Pensa em Eduarda, sempre Eduarda, e como é impossível saber o que acontece dentro das casas dos outros. Ela própria é um exemplo disso, ninguém imagina o abandono de Jorge. Nem ela se recorda de quando começou, só que a cada dia, a cada ano, foi ficando mais só.

Porque se casaram duas criaturas como eles, que se isolam um do outro na mesma casa? Jorge foi o único que ela não tentou trazer para si, nunca pensou em resgatá-lo da solidão, das rotinas a que se entrega. Era-lhe confortável viver sem pressões no casamento, libertava-a também da sua parte, «amar-te e respeitar-te». Amar exige tanto. É mais fácil ajudar os outros, não é preciso ir com eles para casa, não ressonam na noite silenciosa, não há toque físico nem obrigação de resposta.

Quer fazer tudo e não faz nada. Sente que deixou ir a pessoa que devia ser a mais importante, o primeiro lugar no seu pódio, o marido. Mas não é. É um homenzinho irritante cheio de manias e vícios esquisitos. E os outros, a quem ela estende a mão, são todos uns ingratos, rejeitam a sua boa vontade. E para ela? O que lhe reserva a vida? Um psiquiatra e um *gigolo. Ninguém me ajuda*, três palavras sempre na cabeça.

Ouve-se uma sirene e o pensamento é imediato: *Podem precisar de mim lá em baixo.*

No fim de dois turnos, chega a casa exausta, apesar da muita cafeína. Quer encher a banheira e meter-se na água quente com um copo de vinho tinto. Descalça os sapatos na entrada e segue, em meias, pelo corredor. Leva as mãos à boca. Mais de metade da altura da porta do escritório está tapada com livros. Na base, uma fila de lombadas vermelhas, em seguida, castanhas, depois, verdes, azuis, pretas, livros de todas as cores perfeitamente alinhados a fazer um muro. Aproxima-se e espreita por cima da barricada, o espaço sem ninguém, mais livros espalhados pelo chão, as estantes vazias. Chama por Jorge. Ele surge na sua frente, vindo do lado direito. *Estaria escondido para eu não o ver?*, pensa ela.

«O que é isto?»

«Organização de livros. Eu disse-te, Adelaide.»

«Organizar livros no meio do caminho? Por cores?»

«Fica mais bonito por cores.»

«Mas para quê, Jorge?»

«Não quero que entres. Quero ficar com o escritório só para mim e nunca mais quero ter de olhar para ti ou de falar contigo.»

Olham-se com os livros no meio, duas cabeças, cada uma do seu lado do muro.

Adelaide ajeita o cabelo, nervosa, e dá dois passos atrás, as mãos na cintura. Anda em círculos, quase sem sair do mesmo lugar e, de súbito, atira-se de lado contra a barricada de livros, imitando o arrombar de portas nos filmes de ação.

Ela no chão, dentro do escritório, numa cama de livros. Ele ao fundo da divisão, encolhido e com as mãos na cabeça, como uma criança a temer um castigo.

Deitada, Adelaide consegue ver vários caixotes e uma geleira debaixo da secretária. Aproxima-se de gatas, a custo, e dentro dos caixotes descobre comida enlatada, garrafas de água, sumos, pacotes de açúcar, compotas, bolachas, tostas, uma caixa de primeiros socorros, toalhitas de limpeza e uma garrafa de *vodka*.

«Jorge, eu… não sei o que dizer.»

«Vai-te embora», pede-lhe, estranhamente sereno.

ALICE

«Quero que venhas comigo, hoje.» Alice em frente da secretária de Celeste, os braços cruzados e o queixo levantado, numa postura de reserva e altivez ao mesmo tempo. A outra ergue o rosto do teclado, leva, por instinto, os olhos ao canto do monitor, três e meia, verifica se alguém em redor as observa. Mas Alice escolhera a pausa do café da tarde, estão sós.

A Celeste incomodam as memórias do beijo na noite do velório. Cedera a um desejo súbito por uma mulher que lhe provocava repulsa. Não gosta dela, isso é claro na sua cabeça, mas então porque lhe acelera a pulsação na garganta à lembrança dos lábios juntos? Não quer aprofundar a questão, foge de si mesma substituindo esses pensamentos por outros, ainda que banais, como a lista de compras ou o que cozinhar para o jantar. Mas é uma corrida que está a perder, soube-o quando respondeu «sim», iriam juntas não sabe onde, fica em ânsias o resto da tarde.

Odiou-se. Odiou-se mais quando deu por si a retocar o batom vermelho antes de saírem.

Alice estaciona o *Qashqai* cinzento diante de um portão de ferro. Do lado de lá, um caminho de gravilha acompanha jardins pouco cuidados até à porta da casa de dois andares. É visível um buraco no telhado. As janelas de cima não têm vidros.

«Precisava de voltar aqui.»

Celeste prende as mãos uma na outra ao ouvir a voz de Alice. Receia que, livres, se atirem ao seu rosto alvo, lhe prendam o cabelo na nuca num gesto de carinho que não quer ter. Sabe que ela precisa de um abraço. A mãe morreu nesta casa.

Levanta os olhos surpreendida pelo ruído do portão a abrir. Envolvida nas suas contradições, não deu pela saída de Alice e, agora que ela já regressou ao carro e avançam pela propriedade, sente que o momento obriga a algumas palavras. Não sabe quais. Deveria agradecer por ter sido escolhida para a acompanhar? Não. Ela não quis ser escolhida, não queria aceitar. Seguiu um instinto de que se envergonha, que não explica e que não quer aprofundar. Dá mérito a Alice, tem de dar, ela com marido e filhos parece não ter medo de mostrar sentimentos que não é suposto ter. Que não precisaria de ter, havendo uma família para os colmatar. Celeste não é ingénua, já se apaixonou por homens e por mulheres, teve namoradas, talvez prefira as mulheres, é maior a cumplicidade partilhada, os carinhos são mais compensadores, há uma meiguice que o corpo do homem não consegue dar, na cama.

À porta da casa, enquanto Alice procura a chave na mala, Celeste afasta pedaços de telhas e de vidros, curiosa com algo marcado no chão. «São as minhas mãos», explica Alice, sorrindo pela recordação das marcas dos próprios dedos no cimento. Baixa-se e aproxima as palmas das mãos das marcas que deixou ali nos primeiros tempos na casa «nova», quando Antero mandou cimentar a entrada. Recordou a ira dissimulada nos olhos do padrasto ao dar com a brincadeira. Os tempos em que ele fingia gostar dela. Delas. No princípio, acreditaram ambas que a vida podia ser boa, ela menos do que a mãe, muito menos, pois sentia-se a trair a memória do pai, receava esquecê-lo, caso Antero se revelasse bom demais. Mas o tempo desempenha sempre a sua função, sara feridas, alivia lágrimas, mostra almas. Antero era um velhaco, nunca lhe batera, mas espancara Eduarda pelas duas, ela calada atrás das portas, a não conseguir sossegar o desejo de vingar o pai morto. O desejo de ser amada. Nunca se revoltou contra o pai por se ter deixado morrer, abandonando-as, mas sim contra a mãe, que se subjugou por uma vida desafogada, pelo futuro da filha.

Há culpa na mão que roda a chave. Culpa em cada centímetro de pele, de osso, de músculo. Celeste ajuda. Toca-lhe na mão gelada, aparentemente sem forças e, juntas, abrem a porta. Recebem-nas a escuridão e o frio. Uma corrente de ar galga pela casa numa maratona desde o telhado aberto. Os cabelos delas esvoaçam, o de Alice solto, o de Celeste num rabo de cavalo alto. Dão as mãos por instinto.

Há um foco de luz que lhes aponta o caminho escada acima. Uma lanterna na mão de Alice, preparada para avançar numa casa sem corrente elétrica. O inverno trouxe a noite cedo. Ali dentro também é noite.

«Cuidado!», Alice iluminando os degraus de madeira, revestidos com uma carpete grossa em tons de verde-escuro, cheia de pó. Por todo o lado há pedaços de estuque que abandonaram paredes e teto. Na memória daquela noite, o calor súbito, intenso, no momento em que o relâmpago entrou pela sala do primeiro andar. E a luz violenta, um holofote que lhe levou o antebraço aos olhos a meio da escada, mas que, de repente, se extinguiu, escapando-se pelos fios elétricos, perdendo força à medida que estourava interruptores por todo o lado. O choro dos filhos. A indecisão entre descer para os abraçar e subir para, finalmente, salvar a mãe daquele bruto. Não pensou em Paulo, ocorre-lhe agora.

No topo da escada viram à esquerda e entram na sala, ainda de mãos unidas. Pescoços levantados para o buraco. Pedaços de madeira pendurados do teto descarnado. Olham as estrelas que, lá em cima, anunciam mais um dia de sol no inverno. O frio vai continuar. Ajustam ambas as golas dos casacos, Celeste levanta a sua, acomodando-a à nuca. Olham-se e acham-se bonitas. Supõem que só uma o pensa da outra.

À lua cheia consegue distinguir-se um sofá de três lugares encostado a uma das paredes. Sentam-se nele pedaços de casa. As portas do armário embutido na parede estão penduradas por uma das dobradiças cada, um dos vidros foscos em estilhaços no chão. Com a lanterna, Alice passeia pelo interior do armário, aquilo a que Eduarda chamava «a minha retrosaria»: novelos de lã em cestos de verga, caixas com agulhas de *tricot* de diversas medidas, frascos transparentes com botões, fitas de veludo e rendas para aplicar como enfeite nas peças que ela criava, restos de tecidos à espera de um remendo, caixas de plástico incolor com alfinetes de bolinhas às cores. A coleção de anjinhos de louça na prateleira de cima. Anjinhos da guarda secretos com as mãos em prece atrás das portas de vidro fosco. *Porquê esconder os anjinhos, mãe?* Tanto que ficara por saber.

Celeste tropeça nas alças de um saco que por ali está. Assusta-se. Alice ampara-a por trás e, por momentos, o seu nariz fica junto à orelha esquerda de Celeste. Um toque entre duas partes do corpo que não esperavam encontrar-se. Um segundo mais longo do que os outros, os de todos os minutos, de todas as horas, de todos os dias. O segundo que faltava aos dois corpos, que o prolongam numa junção de costas com peito, nádegas com pélvis.

Afastam-se, embaraçadas. As faces rosadas de Alice que sopra a franja para cima num gesto que lhe traz de novo a mãe. A outra volta-se e procura a criatura detestável que vira em Alice, mas não a encontra.

«O que viemos aqui fazer, afinal?» Celeste procura um sentido prático naquela visita. Quer convencer-se de que há um motivo concreto para ter ido, além da atração que lhe foge ao controlo.

Alice não responde. Olha estática para o chão. A mão na boca, a outra mão aponta o foco da lanterna para uma pistola. Reconhece-a.

Guardara-a no sótão para o dia em que tivesse coragem de atirar em Antero. Baixa-se, toca-lhe e recua como se estivesse a escaldar. Celeste, espantada, agacha-se ao seu lado. Acabam por sentar-se no chão, ora olhando uma para a outra ora para a arma.

Alice apoia-se nos joelhos e pega-lhe com as duas mãos. Celeste recua, nunca tinha estado perto de uma arma, para ela é coisa de filme, ficção, talvez realidade em rusgas policiais distantes. Espanta-se com a familiaridade que parece haver entre as duas, Alice e a pistola. «É uma *beretta*», sussurra-lhe Alice, e levanta, de súbito, os braços esticados em frente, as duas mãos juntas segurando-a, um dedo no gatilho, o olho esquerdo fechado, mira a um qualquer ponto daquela casa-fantasma. Celeste recua, ainda sentada, os braços apoiados no chão atrás das costas. Nasce um silêncio que não as abandonará nessa noite.

Alice regressa da posição de ataque, retira o pente de munições e observa-o. Falta uma bala. Olha para baixo e, ao lado do seu joelho apoiado no chão, a cápsula vazia.

Não sabe como chegou ali a pistola, mas sabe que uma bala foi disparada.

Só pode ter sido naquela noite. Quem matou quem, antes de o raio desfazer os corpos?

CÉLIA

Três figuras de negro observam o pequeno caixão de mogno castanho, muito brilhante, a descer para a cova. Um homem é suficiente para baixar, com uma cinta, o corpo de Rita para dentro do retângulo, tão perfeito que parece cortado do tapete de relva com régua e esquadro.

Os procedimentos legais obrigaram Ema a lidar com a morte da filha, não podia continuar a fingir que a mantinha viva, na barriga. Mas, para já, a verdade apenas era partilhada com o marido e a empregada. Depois do enterro, comunicaria à família que abortara no escritório. Sempre era melhor do que ter de lidar com todos durante a cerimónia imposta. Porquê tantas burocracias inúteis? Certidão de nascimento e de óbito, procurar o padre, e agora vê-la descer para sempre. Vasco pousa-lhe o braço por cima do ombro, aconchegando-a. Ela apoia-lhe a cabeça no peito. O padre diz as últimas palavras.

Célia emociona-se e enxuga as lágrimas atrás dos óculos escuros. É a única que chora. Atira um ramo de lírios para cima do caixão, já no fundo do buraco. Em sinal de respeito, joga um punhado de terra, o ruído seco a bater na madeira. Depois disso, só o barulho das pazadas que dois homens atiram em sintonia, uma vez um, outra vez o outro, até preencher todo o espaço com terra. No fim, ambos devolvem o retângulo de relva ao seu lugar. A sepultura é impercetível, não fosse a lápide de mármore estremoz não ter qualquer inscrição. Não sabiam o que escrever. Ema e Vasco deixaram isso para depois. *Depois, quando?*, pensa Célia, quando se apercebe de que, se calhar, nenhum deles voltará ali.

Na noite anterior só ela fora ao velório. *Que estúpida!*, disse para si, *na minha noite de folga, ainda por cima.* Custara-lhe imaginar um bebé sozinho, fechado numa caixa, rodeado de velas. Sentada num banco com capacidade para acomodar várias pessoas, pensou, numa escala de um a dez, quão sinistra era a situação. Ela e o segurança do espaço, duas pessoas, nenhuma da família da defunta. «Defunta.» A palavra a bailar-lhe na cabeça. *Como se chama a um bebé morto antes de nascer?*

Agora estava tudo acabado, tudo debaixo de uma carpete verde fofa. O caixão mais caro do catálogo, «com forro de qualidade superior», nas palavras do agente funerário, e feito de propósito, em tempo recorde, para não ser branco, os únicos em *stock*.

«Branco não!», recusa Ema, perentória, a quem os caixões para bebés lembravam bolos de noiva mal acabados.

As coisas com que esta gente se preocupa, Célia em frente ao espelho a encher a cabeça de pequenos ganchos pretos, de modo a ajustar ao couro cabeludo a juba de caracóis ruivos, um dos entraves que Ema vira no momento de a contratar. Sim, o *curriculum* era irrepreensível, as referências muito boas, e a ligação com Tomás, ainda bebé, foi imediata, mas à futura patroa incomodavam os cabelos cor de fogo. Aliás, quase tudo no aspeto físico de Célia a desconcertava: os seios enormes que não se preocupava em disfarçar, a atitude descontraída apesar de a saia rodada lhe aumentar consideravelmente as coxas largas, as sardas que proliferavam por toda a superfície de pele à vista (bastante, na visão de Ema), e o pior de tudo, aquele cabelo selvagem, uma chama constante na casa de cores neutras. «Péssima combinação», duas palavras de que Ema não se desligava sempre que olhava para a rapariga.

Ficou uns dias a pensar no assunto. Havia também a tatuagem que espreitava na parte de trás do pescoço de Célia, um apontamento preto, um rabo de cobra, talvez? O remate de um bicho qualquer que lhe habitava as costas? Como lidar com tal coisa?

Por fim, decidiu-se. Contratou-a. Era a candidata mais habilitada, não havia dúvida, e podia ser que a sua presença a tornasse mais tolerante a pessoas de mau gosto. Claro que havia de lhe recomendar uma dieta. E teria de criar parâmetros para o vestuário a usar em casa. Quanto ao cabelo... havia de se aconselhar na próxima visita ao cabeleireiro. Tinha de haver alguma coisa que se pudesse fazer àquilo.

Célia tinha apenas 28 anos, mas já conhecia o meio em que se movia. Acatou os comentários em silêncio, um silêncio que Ema considerou dúbio – era mais fácil que a outra se tivesse manifestado contra, acabava-se a conversa e procurava outra pessoa, teria motivos. Mas não. Célia a tudo sorriu com uma paciência que a exasperava e prometeu dar o seu melhor. Acatou com normalidade aparente as instruções escritas para as rotinas de Tomás, desde a posição da persiana do quarto, que devia mudar a cada hora, a massagem após o banho, a dieta, «muito importante, a dieta, o Tomás não pode engordar». O menino em silêncio, dentro do ovo, observava-as. Célia achou-o já magro demais. «Mas quando ele se portar bem, pode dar-lhe um doce.» *Enfim, alguma normalidade*, Célia sorriu. «Uma colher de mel. Pouco cheia.»

Esperava-a uma criança carente, com o dia a dia previsto numa folha de cálculo.

«Célia, os horários de todas as atividades têm de ser cumpridos ao segundo. Quero que o Tomás cresça com regras, não admitirei um filho preguiçoso nem mimado», a nova ama caminhava atrás dela enquanto conhecia a casa. «Vamos educá-lo para ser independente. Conto consigo!» A mão estendida para a empregada, numa atitude de desafio acompanhada por um sorriso falso que pretendia ser motivador. A outra alinhou no fingimento. Em seguida, regatearam o ordenado. Até ao último cêntimo.

À saída do cemitério, Ema e Vasco na frente. Célia deixa-se ficar para trás, dando-lhes um pouco de privacidade que não aproveitam: ele verifica os *e-mails* no telemóvel, ela caminha de olhos no chão, braços caídos. Emagrecera, e o vestido largo acentuava-lhe a magreza. No entanto, Ema via-se deformada. Apertara tanto a cinta antes de sair que Célia receava vê-la desmaiar durante a cerimónia.

À direita, no parque de estacionamento, o carro preto do costume. Lá dentro, o detetive que segue Vasco para todo o lado. Agora já não «o acompanha» para o estrangeiro; na última viagem, os honorários deixaram Ema fora de si. Na maior parte das vezes, Célia consegue rir da necessidade de controlo da patroa. Mas hoje, talvez pelos acontecimentos, acha apenas triste. Olha o casal e sente-os miseráveis, apesar de feitos de dinheiro. Lança um último olhar para trás e acaba por se rir do Sr. Esteves, escondido atrás do jornal virado de pernas para o ar.

Ainda não perdi completamente o sentido de humor.

Os três no carro, Célia no banco de trás, o silêncio ocupa o espaço todo. O ar fica tão pesado que lhe custa respirar. Parece que, por mais força que faça, o oxigénio não chega aos pulmões. Contém-se. Não quer que se apercebam das suas dificuldades, mas é difícil, sente-se a sufocar. Abre o vidro e o olhar de Ema atinge-a pelo retrovisor lateral. Pressiona o botão e a janela fecha.

Socorro!

«Célia», a voz de Ema parece estridente no mutismo do habitáculo. «Não se importa de ir buscar o Tomás à *babysitter* e levá-lo a passear? Preciso de descansar.»

«É o meu dia de folga, doutora Ema.»

«Pensei que pudesse contar consigo, convenci-me de que já era da família...» *Criatura ingrata.* De novo o olhar no retrovisor.

Célia contrai-se. Sorri, sem jeito. Sobe-lhe um sabor amargo à boca. *Manipuladora. Falsa. Odeio-te.* Imagina mil vinganças: asfixiá-la com uma almofada durante o sono, dar um exclusivo às revistas cor-de-rosa – «Quem é a verdadeira Ema Duarte?» –, raptar Tomás e pedir um resgate, estragar com lixívia o seu vestido favorito, encher-lhe a boca de panos e bater-lhe até se cansar.

«Sim, doutora Ema. Tenho todo o gosto em ir passear com o menino Tomás.» *Sou da família. A escrava da família.*

«Ótimo!» E dá-lhe uma nota de 50 euros para entreter o filho. «Não tenho notas mais pequenas, traga o troco.»

Vasco ao volante, os dedos da mão direita a bailar no telemóvel apoiado no *tablier.*

Calças pretas, botas também pretas, de salto alto, camisola de lã grossa, cinzenta. No parque infantil, com roupa de enterro, sente-se observada pelas mães de família. Mulheres elegantes, unhas bonitas, maquilhagem sóbria, conversam aos pares de forma discreta. Algumas ocupam os bancos de madeira, outras ficam de pé; sussurram enquanto deitam o olho aos filhos. Reconhece outras amas, solitárias como ela. Célia recorda a infância no bairro onde cresceu e, de súbito, as gargalhadas que associa à meninice, o oposto daquele parque de classe alta, onde o «parecer bem» é incutido desde o nascimento. Não há areia, mas sim placas amortecedoras das possíveis quedas. Meninos e meninas sugerem, pelas roupas de marca, os rendimentos dos pais. A competição começa cedo. Talvez alguma daquelas mães já comece a deitar o olho aos melhores partidos, uma boa aposta e a multiplicação da riqueza.

Não quer ver o mundo assim, havia prometido não se tornar resmungona, como a mãe. Sempre fora o dinheiro a fazer girar o mundo, mas achava sinceramente que podia escapar pelo intervalo da desigualdade, fosse isso o que fosse. Tentou fazer as melhores escolhas, acreditou que o caminho certo era o que a fazia feliz, e foi por aí que seguiu até perceber que não podia viver da pintura. Fingiu esquecer as telas amontoadas na arrecadação e começou a acompanhar a mãe nas limpezas. Casas particulares, escadas, centros comerciais, o local não importava. Pouca gente está abaixo do pessoal da limpeza, é uma escala injusta, mas só a entende quem anda de pano na mão. Até essa altura vivera numa bolha, chegou atrasada à realidade. Com o tempo e alguma manha sim, teve atitudes que até então considerava viciosas, como mentir ou bajular, mas a partir de certa altura viver é semelhante a estar sempre em guerra. E ela aprendeu a lutar. Foi ganhando confiança com algumas patroas, não tanto pela qualidade do serviço, rapidamente percebeu que isso não é o mais importante, mas pela adulação. Achavam-lhe graça, chamavam-lhe «rapariga esperta», e isso valeu-lhe boas recomendações. E agora, enfim, o estatuto de «ama». Apenas estatuto, pois, na verdade, acumula funções de empregada interna e, para tanto, o ordenado é francamente baixo. *Sempre os abusos, maldita gente oportunista.* É difícil manter o foco, não se tornar rebelde, quando se sente explorada. Tem cama e comida, mas o dinheiro vai quase todo para a mãe, já reformada, doente: dores por todo o corpo, os dedos das mãos parecem raízes de árvores, por causa da artrite.

Sente-se velha a chegar aos 30 anos.

Tem saudades de pintar. Para simplificar, não coloca as suas verdadeiras habilitações no *curriculum.* Esqueceu as Belas-Artes e ela própria já acredita que estudou para Educadora de Infância. Assim que a vida lhe deitou por terra as convicções, mentir tornou-se fácil.

Entra em casa, Tomás pela mão. O espaço gelado e a tarde que passou num ápice. Noite lá fora e noite do lado de dentro.

«Porque é que a Ritinha já não vem, Célia?»

A pergunta cruel que não deve ser ela a responder. No entanto, olha o menino curiosa. *Como é que ele soube?*

O garoto, parecendo adivinhar a pergunta: «foi o que a mãe disse.»

Célia pensa no berçário do andar de cima. No artigo para a revista, Ema e a decoradora lado a lado, a entrevista sobre a menina a caminho, a materna felicidade que se esgota nos *flashes*.

Tomás espera uma resposta e a mente dela a passear. Distrai-o com cócegas enquanto o encaminha para o andar de cima, para o banho.

No corredor, o som do teclado debaixo dos dedos céleres de Ema, a porta do quarto entreaberta.

SEGUNDA PARTE

EDUARDA

As paredes, se falassem, trocariam segredos com o vento que entra pelo telhado aberto aos céus. A corrente de ar acelera pela casa, levanta poeira formando pequenos tornados rente ao chão. Depois, enfraquecida pela correria, a aragem beija fragmentos coloridos do papel de parede descolado.

Nos dias em que a ventania uiva pelos jardins em redor, as rajadas que habitam o interior da casa ecoam mais alto, pressionando-a a revelar o que aconteceu na noite da tempestade. Sigilosa, a casa guarda o segredo. Confia nas paredes, apesar dos sussurros levados pelas carícias enganadoras do vento. O mistério está fechado nas suas entranhas.

Coisas ao abandono, outrora importantes, agora despojos. Azar de espelhos partidos, *haverá maior azar do que a morte?,* móveis deitados ao chão, roupas que se enchem de mofo em armários fechados. Os bichos são agora os habitantes: acabaram com o banquete da festa, deixado em cima da mesa, passeiam-se pela despensa galgando frascos, roendo embalagens de bolachas, espalhando farinha e açúcar. Não existem marcas das horas, apenas se distingue o dia da noite, a claridade da escuridão. Os olhos da casa estão fechados como num longo sono, não há nada para ver. Excetuando a bicharada, a vida foi-se dali.

Numa noite, apesar de sedenta por gente, a casa fez-se difícil encravando por momentos a fechadura. Alice e Celeste do lado de fora e a casa a preparar-se para elas, como uma mulher que passa batom nos lábios antes de abrir a porta às visitas. Recebeu-as com escuridão, não havia outra forma. Mandou o vento brincar-lhes com os cabelos. Apesar dos arrepios, encaminhou-as escada acima em segurança. A casa tinha saudades de acolher pessoas, coisas dos tempos em que fora um lar, em que sugava conversas que repetia nos momentos de silêncio, aquilo a que, injustamente, os vivos chamam «calor humano».

Não tendo bebida ou comida para lhes oferecer, não viu outra forma de se mostrar grata pela visita senão dando-lhes um sinal: uma cápsula de bala caída no chão.

Um tiro foi disparado.

BEATRIZ

A novidade chegou por *e-mail*, como de todas as vezes que Ema se dirige à equipa, a quem trata por «família» nesses comunicados. Explica em tom amigável e de forma breve que perdeu a filha na passada quarta-feira. Rostos sorridentes por cima dos monitores, depois de lerem: «Estarei ausente nas próximas duas semanas.»

Os olhos de Beatriz colados ao ecrã, a mão direita tapa a boca aberta. A rápida associação de palavras.

Quarta-feira.

Sangue.

Chá.

Ao seu redor, um escritório de vozes comenta a situação. Muitos «que horror» e o unânime «é mau demais, mesmo para ela». O ambiente torna-se leve apesar da má notícia, pois uns dias sem Ema significam uma folga no sufoco que a sua presença simboliza. É curioso como o grupo de pessoas que ali trabalha, tão diferentes como têm de ser, está alinhado nos sentimentos em relação à chefe: todos a detestam. E ela sabe disso, é impossível não sentir a repulsa quando impinge o trabalho como salvação e controla ao minuto a assiduidade do grupo. Tudo isto coroado com o cinismo de chamar «família» àquela espécie de tropa desafinada na marcha que, apesar de insatisfeita, lhe retribui o sorriso e o «bom-dia» à chegada. É uma família que, desunida por apenas ter laços laborais, se junta na fraqueza. É o elo numeroso que cede à pressão por necessidade, que se cala por medo do que possa acontecer. Assim segue a vida em todo o lado, e no dia em que uma voz acordar sem medo nada acontecerá. O medo é inútil e, na maioria das vezes, injustificado.

Por agora, uma palmadinha no ombro de quando em quando, com seriedade, não vão eles e elas constatar que nada há a temer.

Beatriz não participa nos comentários, permanece em silêncio. Toca com as mãos uma na outra e doem-lhe os dedos, de tão gelados. Toda ela está petrificada, como se cada músculo perdesse a flexibilidade e o corpo estivesse a congelar gradualmente. É estranho, pois o aquecimento está ao rubro, rostos corados despem casacos e retiram cachecóis. Não é preciso respeitar a temperatura máxima permitida por Ema, nem o horário para ter o ar condicionado ligado. Alguns usam sacos de água quente no colo, para aguentar os dias mais frios do inverno. Nessas alturas, Ema costuma fingir-se solidária e sugere, de forma afetuosa, que bebam chá.

Fui eu. O pensamento culpado.

Era só uma brincadeira. As lágrimas que tenta impedir, mas não consegue. Beatriz, sozinha com os seus pensamentos.

Foi a primeira vez que fez algo do género, que se aventurou fora da zona de conforto, como diria Ema. E agora esta sensação, esta dor que lhe caminha por dentro, o sangue como um comboio nas veias.

Na quarta-feira não houve inocência no chá que levou ao gabinete da chefe. Começou por ser uma desculpa para entrar, mas na copa deparou-se com a sacola da empregada da limpeza, lá dentro, o frasco de sementinhas para a prisão de ventre. Tal frasco é motivo de piada recorrente no escritório: a dona Cremilde, uma velhota coxa que Ema contratou por ter um custo horário muito baixo, é sempre a primeira a usar os lavabos e a deixar um odor insuportável no espaço; sofre de obstipação crónica e aproveita a solidão das primeiras horas do dia para libertar o intestino.

Beatriz agiu por impulso quando despejou uma colher de sementes no chá acabado de fazer. Os bagos castanhos esfumaram-se na água quente. Mais uma colher. Mais outra. Só mais uma. Sensação de poder. Volta atrás, só mais um pouco. Sorri e encontra conforto na maldade. Imagina a corrida para a sanita e a possibilidade de não chegar a tempo.

E agora a bebé morreu. Depois de a mãe beber o chá.

Tremores. Precisa de uma bebida. Qualquer coisa para os nervos. A lamela abandonada dentro da gaveta da mesa de cabeceira.

«Não! Isso não!»

Foca-se na escrita, no desejo de não perder o rumo. Começa a contar, um, dois, três, quatro, nada de concreto, não são coisas nem animais, apenas números, oito, nove, dez, uma sequência de algarismos em que visualiza formas para se distrair do terror: as duas barrigas do oito, a perna do nove, a elegância dos números emparelhados a partir do dez. Ela é como os números de um a nove: só. Levanta os olhos para os colegas, são como um grupo que, estando próximo, se distancia dela por muitos quilómetros, milhas, anos-luz. Afortunados na sua ignorância. Não sabem o que é matar um bebé ainda por nascer.

A partir do momento em que se convence da culpa, não retrocede. Não sabe dar um passo atrás. Não existe a hipótese de não ter sido ela, de a criança ter outro motivo para nascer morta. Não. Beatriz enrola-se na hipótese de forma tão violenta que uma possibilidade passa a verdade absoluta. A culpa assenta-lhe como uma camisola justa que já não despe. Não que não queira. Quer? Não sabe. Não pensa nisso, não consegue. Sofre mais por não se conseguir livrar do pensamento de culpa, que a corrói, do que pela culpa em si mesma. É assim ser refém da própria cabeça, enredar-se de tal forma no que pensa que é, que o que na verdade é, ou poderá ser, perde força. Afunda-se nas palavras que repete sem controlo e que tornam a situação pior. *Fui eu, fui eu, fui eu, fui eu.* É como atirar uma pedra a um lago e o efeito ser mais devastador do que uma erupção vulcânica.

Veste o casaco e sai para a rua, o dia de trabalho termina, mas para ela tudo igual. É como se pensar fosse um trabalho tão árduo, o mais duro de todos, por nunca terminar; não há pausas para comer ou intervalos para dormir. Não consegue deixar a cabeça num lugar e transportar o corpo para outro. O pensamento é um tambor sempre ao mesmo ritmo, mas cada vez mais alto. Uma cadência que ensurdece. Que até hoje apenas os medicamentos calaram.

Dá por si sentada na carruagem do metro. Acontece-lhe bastantes vezes ter apagões, tal é a concentração a que o tambor obriga. O foco é tão grande que cabe aos pés conhecerem o caminho, resta-lhe a memória muscular quando vive em piloto automático. Não raras vezes se viu sentada no sofá da sala, com um copo já vazio na mão, sem ter lembrança do percurso. Olhando em redor, o casaco no cabide, a mala na consola da entrada, o telemóvel ligado ao carregador. Nenhuma ideia de estar nos transportes, de caminhar na rua, de abrir a porta, ou de arrumar os pertences já em casa.

Tira o livro da sacola, tem sempre um livro, abre-o e olha as frases alinhadas na página, uma mancha escura desfocada pelo olhar fixo. Vê para dentro. Ouve para dentro.

«Fui eu.»

«Fui eu.»

«Fui eu.»

Palavras a rufar. Um compasso de letras. Sempre as mesmas.

Pestaneja. O olhar humedecido concentra-se numa frase que logo se perde nas vozes. Continua a ler, segue até ao fim da página, respeita a pontuação, regressa ao topo, relê, desiste. Nada recorda. Fecha o livro. Passa a mão na capa, desolada. *Desculpa, Clarice.*

Quando nem a leitura a salva, a queda no poço escuro é garantida. É sugada com força. Para o fundo.

Em casa, é uma estranha, como se os móveis não fossem seus, os livros de uma biblioteca alheia. Toma um banho quente e deita--se cedo, sem comer. O tambor afugenta o sono. O ritmo cada vez mais violento. Uma guerra consigo própria. Abre a gaveta e pega na lamela prateada. Olha-a. Sabe que vai ceder, precisa de limpar a cabeça, quer preocupar-se com trivialidades. Ver um filme e ser feliz. Igual a toda a gente.

Que se fodam os livros e a escrita, não aguento mais.

A ideia de voltar a tomar o antidepressivo, um por dia, de manhã (para começar, meio comprimido durante uma semana), relaxa-a. A hipótese de parar de pensar acalma-a. Acaba por adormecer, feliz com a decisão.

O sono é agitado: destapa-se, dá voltas na cama, sonha que acorda.

É um despertar nebuloso, dentro da indolência. Ao longe, o ritmo do tambor, sempre.

Abre os olhos e recorda tudo. Pega no caderno de capa vermelha, ali ao lado, e toma notas com uma clareza que a surpreende. Sonhou uma história. Recorda-se dos pormenores com uma nitidez impressionante: o brilho da juba branca, o olhar felino como dois faróis vermelhos: *Existem leões albinos? O que significam?*

De repente, uma lista de coisas a fazer, livros a pesquisar, personagens em catadupa. Imagens que não a largam. Pontos de partida. Loucura. Precisa de loucura?

Criar é uma descarga elétrica que não pode abandonar.

Fecha a gaveta depois de atirar os comprimidos do esquecimento lá para dentro.

Lembrar.

Foco.

Missão.

Repete frases para segurar ideias enquanto o computador arranca. Atira-se à página branca.

Acordei com o gosto dos sonhos na boca. Pão branco com geleia no recreio da escola. Passei a língua pelos lábios para apurar o paladar, perceber a que sabe dormir dentro do sonho. Subir na escada da inconsciência, como se os patamares, em vez de se sucederem em altura, se pudessem meter uns dentro dos outros.

Portas que se fecharam, sucessivamente, nas minhas costas.

A vida não permite regressos.

Desde a catástrofe que não há luz elétrica, por isso levantei-me com cuidado. Caminhei descalça no chão gelado que me arrefeceu os pés. Já tinha decorado o caminho, mas a noite tirou a cadeira do lugar. Mordi o lábio com a pancada inesperada, a mão ao joelho. Dor. O lençol noturno embala pessoas ao mesmo tempo que desperta objetos; une livros com estantes, desamiga plantas dos seus vasos. De manhã, cacos misturados com terra, tudo espalhado no chão. A surpresa do desamparo do parapeito abaixo, alguma corrente de ar? Procuramos sempre a lógica no inédito. Salvamos a planta, claro.

A imaginação dissolveu-se numa gota de sangue, real. A minha mão à boca, por instinto, trouxe vida morna nos dedos, a língua sarou o golpe.

Ardor.

Abri a persiana com cautela, parecia ter medo de acordar a solidão. A rua de sempre. A lua cheia. Os mesmos carros nos lugares de estacionamento, destruídos. Ao longe, a tenda do circo rasgada, ao vento. Riscas cor de laranja acenaram-me memórias de música alegre, cheiro de pipocas, sorrisos, farturas quentes.

Uma batida na porta. Fiquei imóvel.

O som deixou-me curiosa: uma espécie de roçar na madeira, algo (ou alguém, seria possível?) a arranhar do lado de fora. Saí do quarto e fui, silenciosa como um gato, corredor fora até ficar frente a frente com a porta. Encostei-lhe, receosa, as palmas das mãos. A orelha logo em seguida, numa auscultação do lado de lá. Vieram as memórias: trechos de livros de ficção científica, ataques extraterrestres, naves espaciais, teletransporte.

Prolonguei o mistério pela hipótese de gente, apesar de não querer partilhar a minha bolha. Sentei-me com as costas apoiadas na porta e estiquei a ideia de não estar só. Mas podia ser apenas vento.

Não me atrevi a abrir a porta, fiquei ali até o ruído parar.

O silêncio tomou conta do tempo.

Já era noite outra vez quando me levantei.

À janela, a respiração ansiosa embaciou o vidro. Para lá do meu próprio nevoeiro, parecendo nascido dessa névoa, um leão branco caminhava pomposo pela rua deserta.

ADELAIDE

Nunca lhe tinha acontecido. Pedirem-lhe para não ir trabalhar? A linha telefónica, um eco. Se os pensamentos pudessem correr nesse túnel, a assistente do hospital encarregada de avisar os médicos com consultas marcadas teria parado com as explicações e atentado, divertida, nas projeções da imaginação de Adelaide.

Um dia vazio, não planeado. Maldito telefone que me fez voltar atrás. Vestida e pronta para sair. Mala ao ombro, chave do carro na mão. Um dia vazio, não planeado. David nem pensar, a deitar-se a esta hora. Cinema, só de tarde. Um dia vazio, não planeado. Perfeito para a maioria das pessoas. Não para mim. Porquê? Livros empilhados na porta do escritório. Jorge. Um dia vazio, não planeado.

Lembra-se do último livro que leu, estava de férias junto ao mar, no inverno. Leitura do lado quente da enorme vidraça, a vista ampla para as ondas de fevereiro, prateadas. Do livro, *Madame Bovary,* algumas frases soltas até hoje, outras a vida ensinou e ajudou a colar. O desejo comum de escapar do tédio, ambas afundadas em casamentos maçadores. A sua vida e a de Bovary, a semelhança com quase dois séculos de distância. *Engraçado nunca ter pensado nisso.*

«Estou?», a dúvida do lado de lá.

Silêncio.

«Está lá? Doutora Adelaide?»

«Sim, estou aqui. Até amanhã.»

«A situação poderá não estar resolvida amanhã», teria ouvido Adelaide se não tivesse desligado. Isso e, acima de tudo, o aviso para manter total discrição sobre o sucedido.

«Um hospital que não consegue curar os próprios ferimentos?», é um título possível num tabloide, o tipo de coisas que a administração quer evitar. Trata-se de um colosso da saúde privada que vive da imagem de conforto que proporciona, com cuidados de topo, em oposição a um hospital público que apenas trata doentes. Aqui, a envolvência de uma crise alcança um rio de entidades e de gente endinheirada que não interessa arreliar com percalços. Portanto, silêncio. Isso e fazer figas. Ou rezar. Ou qualquer coisa que tire a equipa informática do sufoco de resolver uma situação para a qual já é culpada. Encontrar culpados é essencial.

Na noite anterior, o servidor do hospital fora alvo de um pirata informático: informação perdida, tanto de pacientes como de médicos, e dados trocados nas fichas dos doentes. A situação, detetada nas primeiras consultas do dia, por causa de um registo que atestava que a dona Alda Vicente, de 48 anos, sofria de prostatite, deixou a equipa clínica desorientada. Um grupo de pessoas na sala de espera principal percebeu que algo de errado se estava a passar, pois a receção não conseguia aceder aos registos. O boato da possível fuga de informação acendeu-se como um rastilho pelos corredores, até que a administração, alertada da possível quebra de segurança, bloqueou acessos. Reunião de emergência convocada. Equipa informática do turno da noite fora da cama e a caminho. Departamento de relações públicas em alerta máximo: nada pode ecoar nos jornais. Mentir é opção.

Adelaide sentada no sofá, em frente à televisão, entretenimento matinal com decibéis a mais e muita culinária, tanta que o apetite a leva até à despensa. Regressa com uma caixa de doces. Os sapatos de salto caídos no chão, a mala atirada para cima da mesa de apoio, veste o roupão felpudo, cinzento, por cima do casaco azul de golas largas, que faz conjunto com as calças pregueadas na cintura.

Todos os dias a escolha cuidada do vestuário e, uma vez chegada ao trabalho, o calçado elegante é substituído por umas socas, a roupa escondida debaixo da bata. Hoje o ritual não é muito diferente: enfia umas meias grossas por cima dos pés elegantes, moldados pelos *collants,* e o já mencionado roupão.

Em casa, sem planos. Enjoada com tantas guloseimas.

O dia parece-lhe demasiado longo, estendido em horas na sua frente.

Passeia os olhos pelas lombadas dos livros que fecham a porta do escritório, a cabeça inclinada. Apercebe-se da mistura de cores. O abandono da organização cromática, talvez pela necessidade de refazer a barricada rapidamente, de manter a mulher afastada para lá da barreira com que se protege.

De quê?

Toca nos livros e pensa na dimensão das palavras entre ela e o marido, no peso das que não foram proferidas, nos sentimentos escondidos, e agora, silenciados.

«Jorge?»

Imagina-o quieto, a desafiar o ruído de existir. Talvez à espera de ouvir a porta bater para sair dali, tomar banho, trocar de roupa, cozinhar, fazer coisas normais longe do seu olhar.

Coisas normais. Quem, de nós, é o mais normal?

Ocorre-lhe derrubar novamente o muro de livros, mas uma lassidão súbita toma-lhe conta da vontade. Não sabe se ainda acredita poder resgatar o marido, a verdade é que não percebe onde tem de ir para o trazer de volta. Jorge não está depois da parede de livros, está muito mais longe, há já muito tempo.

Adelaide culpa-se, e este é o primeiro momento em que o admite. Deu espaço para que a distância se aninhasse entre os dois, alimentou a independência que julgou necessária a uma mulher de carreira. Em que dia deixou de ser possível regressar? Em que ponto devia ter dado um passo atrás? E ele? Sempre obediente, a acatar tudo, desde que o seu mundo de rotinas não vacilasse. A maldita raspadinha.

Sente-se desconfortável ali, em casa. Há muito que é assim. Um dia vazio, não planeado, e os pensamentos de que foge encontram-na, finalmente. Reage fugindo. Outra vez.

Faz de conta que não telefonaram.

O roupão e as meias em cima da cama desfeita.

Segue no carro para o hospital como se não tivesse sido avisada.

No átrio, uma confusão de gente. Duas assistentes contratadas para o efeito informam que hoje não há consultas. «Por favor, aguardem o contacto para novas marcações», explicam a um grupo contrariado com a novidade, mas ordeiro, apesar de tudo.

Adelaide avança no meio das pessoas, mete-se no elevador e segue para o consultório. Lá dentro, fecha a porta e senta-se à secretária, liga o pequeno candeeiro de mesa, apoia a cabeça atrás. De olhos no teto, pensa na sua inutilidade, privada de doentes. Decide saber o que aconteceu, tem de ajudar. O tempo livre liberta ideias perigosas.

Um dos engenheiros do sistema olha-a interrogativo. Ela insiste, quer colaborar na recuperação dos dados perdidos. «Digam-me o que é preciso fazer!» E senta-se numa secretária livre, no meio do grupo de administrativos que segue as instruções da equipa informática. Pilhas de papéis por todo o lado, o arquivo despejado naquela sala para ser introduzido manualmente no servidor.

«Doutora, não me parece correto», sussurra-lhe o informático constrangido, procurando a melhor forma de a tirar dali, arrependido de lhe ter explicado as circunstâncias do ataque ao servidor.

Ela agarra numa pilha de fichas de doentes – impressos amarelados dentro de pastas azuis de papel grosso, com fotografias tipo passe na capa – e mete-a no regaço. Ao mesmo tempo, tropeça na memória: a ida ao fotógrafo em criança, a solenidade das fotografias para os documentos, o primeiro bilhete de identidade. Fo-to-gra-fi-a-ti-po-pas-se, expressão perdida num apagamento digital. O fotógrafo a pôr-lhe as costas tortas para, no resultado, parecer direita, olhar por cima do ombro dele, não pestanejar.

Quer salvaguardar aquele lugar. Participar naquela empreitada vai fazer-lhe bem. Precisa disso. Jovens contratados à hora riem tapando a boca com as mãos, talvez a julguem saída da ala psiquiátrica.

Adelaide leva o seu papel a sério e cilindra os técnicos com perguntas. Sabe que nos anos mais recentes o hospital deixou de fazer arquivo físico, e que aqueles montes de papel terão mais de duas décadas; quer saber de que modo vão recuperar os registos mais recentes, se têm garantias de que o histórico dos pacientes não ficará comprometido. Insiste e exige respostas, torna-se alvo de gozo da equipa temporária e, irritada, não se priva de demonstrar as suas dúvidas na capacidade daqueles miúdos para tamanha responsabilidade.

«Ainda não sabemos como recuperar os últimos anos. Estamos a trabalhar nisso.»

Como todos os esforços para se livrarem dela são inúteis, acabam por lhe dar autorização para colaborar com a introdução de dados, apesar de não saberem o que poderá acontecer se a situação chegar aos ouvidos da administração do hospital.

«Paciência. Ela foi avisada para não vir trabalhar.» O engenheiro Pedro encolhe os ombros, avançando para a sala do servidor.

Adelaide relaxa com o trabalho rotineiro. Está tão focada para não cometer erros que os pensamentos não se dispersam. É como se conseguisse fechar Jorge, os livros empilhados, a morte de Eduarda, a solidão, tudo num saco que arruma num quarto escuro da mente. O seu empenho é total, a torre de impressos pode regressar aos armários do arquivo, aquelas pessoas voltaram a existir. Deita os olhos em redor, os jovens conversam, distraídos. Apercebe-se de que àquele ritmo nem uma semana será suficiente para reintroduzir os dados. Abana a cabeça em negação e arrasta para junto de si mais uma pilha das que estão junto à parede.

Ao digitar o nome de Antero, olha para a fotografia da pasta. Reconhece o marido de Eduarda, que, há 20 anos, já usava o mesmo bigode a dar ares de aristocrata. Lê os dados, tudo bate certo, idade, profissão, morada, é mesmo ele. A data do registo é anterior à do casamento. A mulher sempre no hospital público, pensa, enquanto observa resultados de análises e relatórios de exames.

Fecha o processo. Não pode. Antero nunca foi seu doente, não lhe pode escrutinar a vida daquela maneira. Não é ético. Mas ele já morreu. Vai jogando um pingue-pongue com ela própria, uma brincadeira de prós e contras, até acreditar na licitude daquela pesquisa, como lhe decide chamar. Reabre o processo.

Há uma cirurgia a uma hérnia discal e… Adelaide abre muito os olhos e segura o ar no peito… diagnóstico de cancro. Tira algumas imagens de um envelope e a mancha no pulmão direito não oferece muitas dúvidas. O resultado da biópsia é categórico.

Infelizmente, não há ali registo de mais desenvolvimentos.

«E no servidor?»

Baixa o rosto quando se apercebe de ter falado alto. Vários pares de olhos na sua direção.

Amaldiçoa o pirata informático. A hipótese de o historial de Antero não ser recuperado convenientemente incomoda-a. Há um desejo de justiça que é saciado pelo sofrimento daquele traste. Sentimento que, como médica, não pode ter. Contudo, não o afasta – quer mais. Mais daquele alívio, daquela espécie de certeza em Deus, uma confirmação de que abrir os olhos todos os dias tem um propósito. Apoia as costas na cadeira e, muito direita, insere todos os dados na ficha informática do doente. Carrega no *enter* como quem pede um desejo: que a informação inserida encontre, algures na misteriosa base de dados, os elementos mais recentes. Adelaide precisa de juntar este *puzzle*. Apoia os cotovelos na mesa e, com as mãos no rosto, suspira.

Eduarda estaria viva se o cancro o tivesse levado.

CÉLIA

Foi tudo muito rápido. Não é sempre assim quando o inesperado nos toma de assalto? Célia rói as unhas no banco de trás e, apesar da gravidade do sucedido, cogita sobre a manicure destruída. Qualquer coisa que a impeça de chorar.

Foi tudo muito rápido. Num momento, Tomás brincava no parque infantil, a seguir, corria atrás da amiga para o outro lado da estrada. E ela ao telemóvel. O menino chora-lhe contra o peito, silencioso. Célia afaga-lhe os caracóis. Sabe que não pode, depois disto, manter o emprego.

«Com as crianças toda a atenção é pouca!», a voz da mãe tantas vezes, e agora a lembrá-la de que não tem capacidade para cuidar do Tomás.

A mãe da menina olha-a pelo retrovisor, fala com ela, mas Célia só vê os lábios que se movem, as palavras não passam pela bolha de pensamentos, densa, que a ensurdece.

A mãe a rir do outro lado da linha. Ela a rir também. Os comprimidos novos, mais caros, fizeram efeito. O corpo a amanhecer do torpor, com vontade de vestir roupa bonita e de arranjar o cabelo. A mãe a contar a ida ao cabeleireiro, já nem se lembrava de como era o cheiro da laca, a cara emoldurada no penteado. E Célia feliz, distraída por um ou dois segundos, o suficiente. Quando levanta o olhar, duas crianças disparadas para um carro azul, da mãe da amiguinha do Tomás, do outro lado da estrada. O carro vermelho que surge no início da rua, veloz. A menina que se atira a tempo para os braços da mãe, já fora do veículo, antecipando o desastre. A travagem a fundo marcada no asfalto.

Foi tudo muito rápido.

EMA

A pele arrepiada, primeiro.

O frio que se instala e não passa, mesmo com várias camadas de roupa. Como se o corpo gelasse de dentro para fora. Não há agasalhos para a aflição.

As mãos às fontes num reflexo. A dor que, em vez de a deitar abaixo, a obriga a reagir. Não sabe a quê. É como uma descarga elétrica. Veste-se de modo automático, deixa-se levar pela intuição, algo que sempre contrariou, cega pela racionalidade.

Nunca sentiu tal coisa.

Tomás. Teme pelo filho. Um medo sem explicação, a bola na garganta que não desce, como uma inflamação sem dor, moinha que subsiste. Medo que tende a ignorar, mas que hoje alimenta. Como se isso a aproximasse do menino.

A mão que procura o telemóvel segundos antes da chamada.

A bola que lhe explode no peito.

CÉLIA

Ema não responde. A digestão da notícia: Tomás. Acidente. A voz de Célia a tremer ao telemóvel. A pontada na barriga. Medo de perder mais um filho. Não costuma ser negativa, ensinaram-lhe o otimismo, a encarar as dificuldades com um sorriso doce, mas, por muito que tente arrumar a dor, ela permanece.

Desliga, e, do outro lado, Célia não sabe se ela entendeu o sucedido. Tomás, ao colo, abraça-a com força, fechando as mãos atrás do seu pescoço. O corpinho tenso. As palavras presas.

Na cabeça de Célia, o som recorrente da chapa contra ossos frágeis. Uma antecipação do desastre que não se concretizou, mas que ela alimenta, descontrolada. Tomás num salto para o outro lado da estrada. Voo de sobrevivência, talvez. Escapou por um triz, por uma unha negra, por milagre, por todas as formas que usamos para dizer que foi por pouco. Por muito pouco Tomás não foi atropelado. O som do embate apenas na cabeça da ama, fruto do medo, do amor.

O silêncio. Depois do susto, a criança guardou as palavras. Não falou mais.

Não quer ou não pode?

Para Célia, «estado de choque» é coisa de filme.

Hospital, pelo sim, pelo não.

Nas urgências, a triagem está a ser feita manualmente devido a um problema informático; o sistema não reconhece os utilizadores. A maior parte dos doentes foi persuadida a ir-se embora. A verdade é que a maioria não sofria de nada urgente; todos os dias, dezenas de pessoas entopem um serviço criado para socorrer rapidamente, pensa Célia, ao perceber que as situações verdadeiramente graves não são assim tantas que justifiquem os tempos de espera habituais. Bastou informar os utilizadores de que não é possível associar os seguros de saúde às fichas de cliente e, de súbito, as maleitas podem esperar. «Talvez com um chazinho…», comentava uma velhota em direção à saída. Se soubessem que os dados se extinguiram, talvez não se retirassem com tal placidez, mas há uma paz que só a ignorância permite, e o hospital mantém a informação para si, desvalorizando a gravidade da situação junto do público. A mentira como um elástico que se vai esticando. Antes assim. Para quê alimentar dúvidas?

«Os dados desapareceram?» «Para onde?» «Quem os roubou?»

E depois os boatos expectáveis, as teorias da conspiração sobre informação pessoal à deriva. Processos sobre o hospital.

Célia não pode ir embora, o menino tem de ser examinado. Um calmante, um xarope, um enfermeiro paciente, qualquer coisa que o resgate do silêncio. Não imagina a quanto pode ascender a despesa sem a comparticipação da seguradora, mas tenta não pensar nisso, é preocupação para os pais. Guarda na mala o cartão do seguro de Tomás, que hoje não serve de nada. Reza para que apareça alguém, Ema ou Vasco, apesar do receio de os encarar. Pensa nas suas telas e numa pintura imaginada, em como tudo parece mais simples numa aguarela.

Que pesadelo.

Levanta-se e pede ajuda, mais uma vez, junto do balcão de atendimento. Do outro lado, uma assistente desesperada faz cliques sucessivos com o rato. O encolher de ombros.

«Alguém tem de fazer alguma coisa!»

Célia não se reconhece a falar acima do tom habitual. O espaço fica em silêncio por momentos. Depois, tudo piora. Pais com filhos ao colo levantam-se também, intimidando a assistente, que, nervosa, começa a chorar. Ninguém percebe qual é, hoje, a zona da pediatria; acaba-se o café na máquina automática, as crianças choram todas ao mesmo tempo. No meio da confusão, e aproveitando que o segurança se afasta da porta para acalmar as pessoas, a ama entra à socapa no serviço. Ninguém. Uma secretária vazia com o aparelho de medir a tensão ao abandono. Afaga os caracóis do menino enquanto lhe sussurra uma canção com meiguice. Uma mulher de fato azul caminha pelo corredor na sua direção.

Adelaide não consegue sair sem passar pelas urgências, pediram-lhe para abandonar as instalações. A sua presença junto da equipa de recuperação de dados não agradou ao responsável do corpo clínico, mas ela não aceitou a dispensa e, num ímpeto, recusou ir-se embora. Em momentos como este, a necessidade de ajudar é o seu único foco, uma bandeira na batalha. Sente-se útil, e que não venha alguém dizer que ajuda mais indo para casa. Ali é o seu lugar. Quanto mais pensa nisto, mais determinada se torna, como uma ativista num campo de refugiados com escassez de medicamentos, ou num hospital de campanha em plena guerra.

Mas não teve alternativa senão acatar a decisão.

Ir para casa, pensa. Um homem doente fechado no escritório com quem não consegue comunicar. Precisasse ele de curativos, pontos, prescrições de remédios, ela poderia valer-lhe. Mas não é médica de sarar cabeças por dentro e não sabe como o ajudar. O próprio marido. Foge do que não sabe resolver, enfia a cabeça no trabalho e vai salvar desconhecidos.

Ninguém escolhe quando fica doente e um hospital não pode fechar portas por causa de um drama informático. Está desiludida e frustrada, mas certa das suas convicções. Envolvida nos seus pensamentos nem dá conta da proximidade da mulher com a criança ao colo.

Estão a poucos passos quando Célia pede ajuda. Adelaide ergue os braços de modo mecânico e o menino salta-lhe para o colo ante a surpresa da ama, que, sem jeito, pede desculpa. Tomás parece ter encontrado um abrigo, tal a forma como aconchega a cabeça no pescoço da médica. Esta, espantada, abraça a criança de modo desajeitado, misto da sua pouca experiência com a sensação de estar a derrapar para a falta de profissionalismo. Ao mesmo tempo, uma emoção nova, diferente, como uma pertença: braços que sabem segurar e acalmar, há certeza no caminho, como uma mãe que abraça um filho.

Pousa Tomás na marquesa mais próxima e fecha o espaço com uma cortina azul. O menino desperta algo nela. É como uma barragem que não pode suster mais água, mas que, em vez de rebentar diques, deixa escapar pequenos rios certos do seu destino. Nunca quis filhos, não sentiu o que chamam «relógio biológico a dar horas», e como médica não reconhece essas analogias. Mas e agora? Batidas cardíacas que fazem tiquetaque?

Célia entra no espaço sem cerimónia. Aquela mulher não lhe inspira confiança, tem um ar alheado, mas parece conhecer o local, sabe onde está o termómetro e o ponto exato na orelha onde medir a febre.

«Trinta e sete graus, tudo bem.»

Faz um teste de reflexos ao menino, que permanece mudo. Adelaide enceta uma conversa, mas sem resultados. Tomás olha-a, seráfico, sem resposta.

Destrava a marquesa e começa a empurrá-la por ali fora. A outra segue-a perguntando o que vai fazer.

«Radiografia.»

«Desculpe, mas quem é a senhora?»

Adelaide olha-a espantada e só depois se apercebe de que não tem a bata vestida nem a identificação na lapela. Verifica que ainda está com a mala no braço, que sempre esteve, mesmo enquanto examinava o doente. Parece acordar de um sonho. Sente uma nebulosidade nos pensamentos, como se andasse há semanas a tomar comprimidos para dormir. É bom. Mas não sabe o que é.

Apresenta-se, finalmente, e lamenta não o ter feito antes. Desculpa-se com a situação informática, que anda tudo com os nervos em franja. Ri-se, dizendo que nunca entendeu o que têm os nervos que ver com o penteado. Depois, disserta sobre a dependência das informáticas, que não pode ser.

Célia continua a achá-la esquisita, talvez descompensada, mas não há mais ninguém disposto a ajudar, e sorri, agradecendo a disponibilidade. Algo lhe diz para não perder Tomás de vista nem por um segundo.

O técnico de radiologia torce o nariz a um paciente que se apresenta sem requisição de exames ou identificação, mas na presença da médica procede como solicitado, e o rapaz é radiografado. Tudo bem, claro, não houve embate. Apesar de o ter explicado a Adelaide, esta ignorou-a, como se não lhe tivesse ocorrido outra coisa para manter o menino junto a si por mais algum tempo.

Não há motivo para a permanência do rapaz no hospital, e Adelaide, já saudosa, faz o que tem de ser: prescreve descanso e recomenda paciência, por vezes os sintomas do choque não precisam de um período muito longo para se dissiparem. Contudo, se nos próximos dias a situação se mantiver, que o traga ali, será encaminhado para o serviço adequado. Para já, nada de alarmismos.

Seguem juntas para a saída, Tomás ao colo da médica, que parece não querer abandonar. Célia pega no telemóvel, várias chamadas de Ema e uma mensagem que a deixa ansiosa. Levanta os olhos do aparelho e vê Ema à sua frente, curiosamente sem lhe dar qualquer importância. A sua atenção vai toda para a médica. Apenas uma palavra: «Você!»

BEATRIZ

Um dia

a seguir

ao outro.

Um mantra para atravessar montanhas, cada dia uma escalada.

Beatriz esconde-se da culpa imergindo em pequenas histórias. Algumas surgem numa frase, *flashes* de palavras que agarra num caderno antes de fugirem. A rapidez da escrita, a lápis, ocupando as folhas brancas.

Pelo meio, a lembrança. A menina morta.

A pontada no peito é uma descarga elétrica.

Respira.

Respira.

Respira.

No escritório os dias continuam iguais. Estar sem Ema já não é novidade e as horas voltaram a passar devagar. Rotina de café e bolos para interromper o tédio. Acumulam-se pilhas de trabalho por todas as secretárias numa ode à preguiça. Cultiva-se o ócio a seguir à hora do almoço. Conversa-se. Depois de anos juntos, os colegas começam a conhecer-se. Ninguém é o que parecia. O trabalho vestiu um fato justo a todos, suprimiu-lhes movimentos, liberdade. Todos os dias os dedos no teclado, máquina prolongamento do humano, agora olhos que reparam na luz do lado de lá das janelas.

Beatriz anota palavras por brincadeira. Constrói frases sem nexo só pela sonoridade agradável. Escrever é tantas vezes um jogo sem sentido.

Palavras segredadas ao ouvido desarrumam a cabeça como um tiro na nuca.

ADELAIDE

A mãe com o filho pela mão, Célia atrás deles. Adelaide com os olhos na porta muito depois de terem saído. Alheada da confusão em redor, não ouve as conversas, não vê as pessoas. Algo se quebrou por dentro com a partida do menino.

Desperta com um encontrão. Um pai com o filho ao colo, as bochechas vermelhas contra o ombro do homem. Coisas em que nunca reparara. A pele lisa e suave de uma criança, os cabelos de seda, as rugas dos bracinhos gorduchos. Tantas imagens ao mesmo tempo numa perturbação doce, um desejo novo.

Cinquenta e cinco anos e a sensação de desperdício. Não entende. *Porquê agora?* Faz o percurso para o parque de estacionamento de olhos no chão, luta para decifrar os novos sinais. Nunca desejou engravidar, nem o deseja agora. Passou pelos anos férteis com a naturalidade de quem fez uma escolha diferente, habituou-se às insinuações de que algo devia estar errado consigo, deixou por responder perguntas sobre doenças e infertilidade. Os outros sempre a arranjar motivos para o que não parece normal. Sabia que, a certa altura, a pressão para cumprir o plano da natureza cairia por terra, num embaraço das vozes habituais que sabiam ser já demasiado tarde para ela. «Finalmente», sentiu ao cruzar os 40. Quatro, zero. Até que enfim, desistiram dela.

Conduz com calma. A janela do carro aberta, o braço apoiado na porta, dirige apenas com a mão direita, rodando suavemente o volante. Tranquila, apesar das dúvidas. Nunca foi de matutar no passado, mas viver no meio das técnicas de guerrilha de Jorge, descobrir o sexo com David e desejar uma criança depois dos 50 anos leva-a a olhar para trás. Não só pelo habitual «onde é que falhei» ou «o que fiz de errado», mas acima de tudo pensa nos anos a esquecer-se de si. Os esforços todos nos outros, ajudar doentes, viver dramas alheios, lutar por dignidades perdidas. Acertar sempre longe do alvo. E agora Tomás, que remove a tampa de uma panela que, afinal, estava a ferver.

Estaciona à porta de casa, a sorte de ter o melhor lugar vago dá-lhe ânimo, um sinal, talvez, de que ainda há tempo. Parvoíces. Inventam-se sinais e desígnios, coisas onde procurar apoio às convicções pouco firmes. Formaliza o que já decidira de modo pouco consciente: falar com Jorge. Não quer continuar com um marido barricado, que se acabe o casamento, não deve haver solução diferente. O fim do jogo, cartas na mesa, como se diz.

Deixa os sapatos na entrada. O prazer único de apoiar a planta dos pés no soalho. Os tornozelos relaxados, livres dos saltos. Fica um momento a imaginar o mundo inteiro debaixo de si, um planeta que gira em rotações e translações, que nos vira de cabeça para baixo, atravessando os dias e as noites, anos e anos nisto, e todos nas suas vidas, umas mais de pernas para o ar do que outras.

Segue pelo corredor escuro, tocando uma e outra vez com as pontas dos dedos nas paredes, ora do lado direito ora do esquerdo. Para trás, a luz ténue da entrada, o pequeno candeeiro com *abat-jour* azul, pouco mais do que uma luz de presença. A contenção nos passos dá mais possibilidades ao futuro, como se adiar o inevitável abrisse espaço à fantasia. Na penumbra deixa-se levar por hipóteses iluminadas: o riso de uma criança; um abraço do marido, de Jorge ou de outro. Sustém os passos, o pé que vai para a frente regressa, *Jorge ou outro?* Três palavras que não sabe de onde vêm.

Do lado esquerdo, a porta do escritório, os livros que começa a tirar, por cima, um a um. As pilhas de lombadas que vão crescendo ao seu lado, no corredor. O nome dele sem resposta, uma e outra vez. O braço de Adelaide atravessa a barricada de livros e a mão passeia na parede até encontrar o interruptor. A lâmpada nua enche tudo de amarelo.

O homem estendido no chão.

A mulher derruba os livros que restam do muro.

Aproxima-se do corpo dele, inerte. Desfaz o nó que ele tem ao pescoço e repara na garganta marcada pelo tecido dos cortinados, a cadeira tombada. No outro lado daquela corda improvisada, o gancho do candeeiro que não aguentou o peso de Jorge. Consegue visualizar o homem que sobe à cadeira e ajusta a forca no próprio pescoço, o pontapé que derruba o único apoio, a certeza de que chegou a hora. E a queda. A frustração de não mandar na morte.

Ele vive, imóvel. O batimento nos dedos dela, junto à garganta. Abre os olhos, finalmente, não tem para onde fugir. Observam-se.

«O que fazes aqui estendido, tão quieto?»

«Espero a morte.»

Espero a morte. Espero a morte. Espero a morte. Espero a morte. A voz dele num eco. A declaração temida.

Ela pega-lhe nas mãos e aperta-as com as suas.

Sabe que ele não pode estar sozinho, é um perigo para si próprio.

Jorge já está mais longe do que ela suspeitava, não haverá conversa. Se calhar, nunca mais. Como mulher dele, a culpa, como médica, o dever.

Pega no telefone e pede ajuda. Prevê um internamento. Dias apagados por comprimidos de várias cores.

CÉLIA

Em casa, evitam-se palavras.

O silêncio de Tomás contagia Ema, que passa os dias a observar o filho.

Célia vê lógica na desolação, seria de esperar angústia, mas há qualquer coisa no rosto dela... uma expressão pacífica quando vigia o menino, apoiada na ombreira da porta do quarto. Do fundo do corredor, o vulto da empregada estuda-lhe um quase sorriso. Nada de extravagante. Esta mulher, que Ema parece deixar escapar, transmite uma espécie de serenidade, há prazer no olhar que segue os movimentos de Tomás, como se ele tivesse acabado de chegar.

Podia ser um refugiado que ela decidira acolher, com quem não consegue comunicar devido à barreira da língua, e que vai estudando com silêncios. Ou então é a mãe que reconhece a cria, finalmente, a quem não deve ter cheirado nem lambido no nascimento, rejeição por instinto enviesado.

O medo da perda, talvez?

O filho nos braços da médica, o afago natural, o ciúme que queima o peito da mãe verdadeira. Célia tenta juntar peças, mas tem dúvidas, conhece-lhe a mesquinhez profunda, a frieza com que alimenta a distância familiar.

Ema a descobrir afetos? Agora? Não pode recuar três anos e começar. O comboio vai em andamento.

No dia em que trouxeram o menino do hospital, Ema não repreendeu Célia. Fez perguntas sobre o acidente, queria pormenores, talvez procurasse pistas para a reação de Tomás, para entender como podia ajudá-lo a falar. A ama desconfiou, nem nos dias bons Ema demonstrava compreensão, e foi ao seu cuidado que o filho quase fora atropelado.

Há um saco imaginário para onde Célia tenta deitar as palavras que lhe surgem na cabeça depois da expressão «e se?» «E se o carro lhe tivesse acertado?» «E se o Tomás estivesse paralítico, em coma, morto?»

É um exercício difícil, as ideias são mais rápidas do que a lógica. «Agora não adianta alimentar o pânico imaginário», repetia, mas é difícil fechar as palavras no saco. Durava essa luta mental, ela estendida na cama, os caracóis vermelhos espalhados na almofada, tão concentrada que só percebeu a presença de Ema já ela estava sentada na beira do colchão, olhando-a.

O susto. A certeza de que chegara o momento. Já tinha feito a mala.

Contudo, nada de recriminações ou atribuição de culpas. Encontrou na mulher-mãe um desejo de entender, talvez uma necessidade, aparentava urgência. Mas não, a Ema que ela conhecia jamais iria ao quarto da empregada, pedir apoio, ajuda ou o que fosse. Seria para recuperar o filho? Quase lhe disse que não pode recuperar o que não era seu, mas calou-se. Esperou. Percebeu, quando as palavras de Ema encheram o quarto, que havia medo.

«Quem é a médica?»

EMA

Já é tempo de voltar ao trabalho, Ema sabe-o. A empresa é fundamental, foi sempre para lá que fugiu da família que não quis ter, e da casa que detesta cuidar. Não que faça muito na casa, nada disso, mas há um comportamento imposto de fada do lar aparente que ela sempre desprezou. Detesta receber convidados e «fazer sala». É talvez o único ponto de rebelião desde a adolescência, capaz de levar a mãe a revirar os olhos. Já o irmão especializou-se em convívio social, era sempre a ele quem a mãe entregava aquelas tias chatas vindas do meio rural (abastado, claro), com quem não tinha temas em comum. O filho conseguia falar sobre coisa nenhuma por mais de duas horas, saltitava de assunto em assunto sem abordar nenhum verdadeiramente, com uma simpatia cativante. Era ver as tias embevecidas com a conversa, sorrindo entre golinhos de chá. Depois era mais fácil aturar as velhotas esgotadas, perdidas nas novidades em catadupa. E, receosas de que alguém notasse que não tinham entendido nada, recolhiam aos seus quartos, silenciosas.

Fisicamente, sente-se capaz de voltar à rotina, o médico acha que é cedo, mas ela nunca seguiu opiniões opostas às suas. Contudo, desta vez, os sentimentos são ambivalentes: precisa e sente falta do poder que a cadeira da presidência lhe dá, mas, apesar disso, fica em casa, aconchegada em pijamas cómodos, o mais distante que alguma vez esteve das roupas elegantes de executiva.

Não quer estar longe quando Tomás voltar a falar. É isso, verbalizou-o para si, assustada.

Passa horas *online* a pesquisar casos semelhantes, a ver documentários médicos, a observar o filho a brincar, os caracóis a acompanhar a cabeça que oscila com músicas ou conversas que só existem na sua mente. Nunca tinha ficado apenas a olhá-lo. Ou talvez o fizesse quando ele nasceu e o mostrava às visitas, ou no pediatra quando o mediam e era inevitável perceber que estava mais crescido. Tocava-lhe então na pele macia e alinhava a penugem que lhe descia pelas costas, acariciava as dobras de pele que foram desaparecendo. Tomás já não é bebé e Ema não tem memórias vivas dos anos intermédios. Nunca fez álbuns de fotografias e cabe a Célia acompanhar eventos da escola, cuidar dos pormenores das festas de aniversário, coisas que nunca a enterneceram como via acontecer com outras mães. Ocupações que roubavam tempo que ela não podia dispensar. Agora desperdiça horas preciosas com pensamentos inúteis. É a primeira vez que não consegue resolver uma questão com tabelas e gráficos – para ela, tudo é objetividade matemática. Há equações mais difíceis, mas nenhuma sem solução. O problema é que, como mãe, ainda não identificou as incógnitas.

Tenho medo. Assume-o, enfim. Pensa nas outras mães e nos truques que usarão para perder o medo. Ou para se habituarem a conviver com ele. É possível? Com que mães pode falar? Amigas e conhecidas sempre fugiram da sua insensibilidade maternal. Comentários jocosos quando pensavam que ela não estava a ouvir.

Os braços em redor dos joelhos junto ao peito, no rosto a luz branca do monitor. O perfil médico de Adelaide no *website* do hospital. Doutora Adelaide.

Quem és tu? Porque é que apareces nos piores momentos?

Page up, page down, além do *curriculum* médico, participações constantes em ações de voluntariado, incluindo na juventude, longas estadias em países africanos, lutando contra a fome e a escassez de medicamentos. Não encontrou qualquer especialidade ou formação em pediatria. Continua a não perceber o abraço do filho àquela mulher. Também não entende porque lhe dói, nem de onde, exatamente, vem a pontada que sente a espalhar-se pelo corpo, como se conseguisse distinguir cada célula a ser instigada pela dor. É como um sentimento de traição, mas pior. Uma mialgia que a submerge em raiva. Baixa o monitor com violência sobre o teclado.

Na porta do quarto, dissimulado pelas sombras do final de tarde, é Tomás quem a observa. Olha-a como a uma desconhecida.

ALICE

Desconfortável. O corpo sem posição apesar do sofá ergonómico, a coluna encaixada, vértebra a vértebra, no apoio macio sem que o corpo se afunde. E, ainda assim, o desconforto. A perna cruzada, o pé direito a dar a dar em ritmo acelerado.

Alice levanta a cabeça para o ecrã de chamada. Um *bip* irritante para cada pessoa, narizes no ar à espera de ver o número que lhes foi atribuído nesse dia. Um doente é um número assim que retira a senha no dispositivo automático no átrio do hospital. De papel na mão, segue para o elevador indicado, que leva à zona de espera destinada. Alice é o A138, ri-se da coincidência de ser um número precedido pela sua letra, entra no elevador cinco e espera no átrio seis, à porta do consultório 13.

Números em todo o lado.

Fica a saber, pela conversa do casal ao lado, que só hoje é que o sistema voltou a associar números a pessoas. Que um ataque informático deixou os registos de pantanas e fez desaparecer milhares de dados. Alice imagina algarismos solitários num universo sem letras, caracteres incompletos, gente com um pedaço a menos. Vê o seu A138 de braços estendidos à sua procura, à deriva dos *bips* exasperantes, insuficientes para o associarem a ela.

Bip, o A138 iluminado no ecrã, como quem chama «dona Alice», se houvesse ali uma voz para isso. Descruza a perna ao segundo *bip*, o *bip* do «toca a despachar».

Foram feitos cálculos e atribuídos X segundos à deslocação até à porta do consultório, mais X segundos para a batida na porta, mais X segundos para uma saudação breve, médico-paciente, olhos nos olhos. Na contagem do tempo de cada consulta, minutos já são permitidos. Minutos utilizados com profissionalismo e empenho, fazer o doente vomitar padecimentos, analisar o tom da pele, as olheiras, a força das unhas e do cabelo, ao mesmo tempo que escuta, pensa, ausculta, mede a tensão arterial e elabora o diagnóstico. Os últimos momentos, já em tom de despedida, são para prescrições de exames e medicamentos. Adeus e as melhoras. Desinfetar as mãos ao som do próximo *bip*. Trabalhar por objetivos, orientar para resultados.

À porta do consultório 13, braço direito ao alto, punho fechado, prepara a batida na porta com os nós dos dedos, e o rosto que se vira para a porta ao lado, agora aberta. Ela. Alice por impulso, sempre. Dois passos ao lado, o *bip* A138 esquecido, os minutos da sua consulta imparáveis, ela a falsear os objetivos. Fecha a porta do gabinete 12 atrás de si.

Sentada em frente de Adelaide, que a olha, intrigada, do outro lado da secretária, Alice continua a ouvir os *bips* que encaminham gente do lado de fora da porta. O seu corpo continua ao impulso daquele som, impelido num ritmo pouco natural.

Adelaide espera, com uma calma que contraria a cadência daquela marcha hospitalar. O olhar doce, treinado para captar confiança e abrir o espaço necessário às primeiras palavras que devem surgir, segundo ela, do lado de lá. Não trabalha para o objetivo, mas sim para os doentes, e isso reflete-se na folha de vencimento, a linha do bónus mensal sempre a zero, apesar das horas extra. Encolhe os ombros ao pensar nisso, a sua missão é dar o seu tempo a quem precisa, não trabalhar em contrarrelógio.

«A minha mãe era sua doente», Alice, tímida, na esperança que Adelaide a identifique sem ter de entrar em pormenores.

Adelaide vê a filha de Eduarda na mulher de aspeto frágil à sua frente. Apanhada de surpresa, fica um momento em silêncio e depois pergunta em que pode ajudar. Ambas acusam alguma inquietação nas mãos que não encontram poiso certo, e na tensão que se forma nas costas, entre as omoplatas.

«A minha mãe chegava a casa melhor, depois da sua consulta.»

A testa franzida e o sulco entre as sobrancelhas denunciam espanto ao ouvir aquilo. «Melhor? Melhor como?»

«Melhor por dentro, doutora.»

Silêncio pautado pelos *bips*.

«Não entendo o que é que as consultas da sua mãe têm que ver com esta sua visita, de qualquer modo, não sinto que tenha ajudado muito, dadas as circunstâncias da sua morte...»

«Ajudou, sim... escutando-a. Não havia mais ninguém para ela, para a ouvir.»

«E você? Não estava lá para a sua mãe?»

«Não.»

Corpos que se ajustam às cadeiras disfarçando o incómodo.

Alice passa as mãos pela saia de xadrez amarelo e preto, distrai os dedos num alfinete antigo que prende uma aba à outra da saia. Não sabe como dizer o que quer, as palavras que lhe ocorrem não parecem adequadas, o *bip*, *bip*, *bip* provoca-lhe ansiedade.

«Pensei que fosse mais fácil.»

«Porque veio aqui, Alice?»

«Quando a vi, tive de entrar. Quero ficar melhor, mais leve, como a minha mãe se sentia depois de falar consigo.»

Mais leve. Depois de falar comigo? Quem me dera...

«Fale comigo, então.»

«Eu amo uma mulher.»

Não sabe de onde saiu aquela frase. Entrara por saudades da mãe, pela culpa de a ter deixado morrer, para ouvir falar dela, aliviar-se da sua negligência, tudo a cair-lhe para fora do peito no tempo de um olhar curioso à porta do lado. Menos de um *bip*, talvez. E, de repente, o amor por Celeste, maior do que tudo.

«Que confusão», deixa escapar, ante o olhar de Adelaide, perdida no propósito daquele encontro.

«E essa mulher também a ama?»

O espanto de Alice. Pela naturalidade da pergunta e pela consciência de tudo ser, afinal, tão simples.

«Não tinha pensado nisso assim.»

Assim como? Palavras na cabeça de Adelaide, cada vez mais perdida.

«Diga-me o que lhe disse. À minha mãe. Eu faço-o. Juro que o faço.»

A médica olha para o relógio, coisa pouco habitual, e pensa para onde foram os últimos 30 minutos.

«Alice, talvez eu não seja a pessoa mais indicada para a ajudar, sinto que tem aí uns nós para desatar, e essa não é a minha área. Mas vou recomendar-lhe um colega», pega na caneta e começa a escrever no bloco de notas.

«Diga-me só, porra, diga-o de uma vez!» Alice a gritar, furiosa, corada.

«Diga-me que o deixe, que peça o divórcio, que o mate, qualquer coisa que me faça deixar de ser a mulher do meu marido, a mãe dos meus filhos.»

«Não. Não o fiz. Não o farei agora. A Eduarda nunca quis deixar de ser a sua mãe. Jamais a aconselharia a fazer tal coisa. Apenas tentei que ela se libertasse da violência a que estava sujeita, que fugisse, se fosse a única hipótese. Claro que ela nunca a deixaria para trás, Alice, nem a sujeitaria a condições incertas. Eu lutei por ela como pude, mas não podemos ganhar quando os filhos estão no outro prato da balança.»

Alice chora. Sente-se pior agora. Sozinha não conseguirá mudar nada, muito menos com o médico dos loucos para onde Adelaide a quer mandar. Limpa os olhos, e o traço negro do *eyeliner* espalha-se pelas pálpebras, pelos dedos. Levanta-se sem uma palavra. Adelaide, também de pé, estende-lhe o papel que rasgara do bloco de notas.

«Dr. João Lourenço», lê Alice.

«É um profissional extraordinário», explica Adelaide, mais a fazer conversa do que a acrescentar algo de útil. «Eu própria recorro a ele em algumas situações», agora em surdina, olhos baixos.

Alice acena que sim, alinha a franja e sai do consultório, ansiosa por estar só. Talvez procurar uma casa de banho e ficar lá até não poder chorar mais. Pensa em Celeste, tem saudades, precisa de um abraço.

E essa mulher também a ama? E essa mulher também a ama? E essa mulher também a ama? E essa mulher também a ama?

Tira o telemóvel da mala, mas volta a colocá-lo lá dentro ao ouvir o seu nome.

Ema chama-a do outro lado da sala e caminha na sua direção.

Uma Alice desajeitada e chorosa estende o rosto para um beijo, só um, e, sem saber o que dizer, vai aliviando o peso do corpo entre um pé e outro. Ema desvaloriza o notório desconforto de Alice e pergunta-lhe pelos filhos, com que idades estão, como corre a escola, se tem fotografias para mostrar.

É tudo tão estranho, aquelas perguntas íntimas vindas de alguém com quem apenas se relaciona profissionalmente, com a distância da sua posição inferior; não sabe o que responder sobre os seus filhos, que pondera abandonar, perante uma quase-mãe ou ex-mãe, ou como se poderá chamar a uma mulher que deu à luz uma filha morta? *Pode dizer-se «dar à luz» no caso de um nado-morto?*

Alice não fala, não sabe o que dizer e encolhe os ombros. Antes assim, não vá abrir a boca e deixar escapar algo inconveniente. Opta pelo óbvio «como está, Ema?», o que não deixa de ser um ato falhado, pois não pode estar bem quem vai ao hospital.

«Estou bem. Venho falar com a doutora Adelaide, reparei que saiu da consulta dela, recomenda?»

«Não.»

Momento desconfortável, olhos que tentam evitar-se.

«A minha mãe foi paciente dela. Morreu.»

Alice sai. Sem mais palavras. Sem um beijo, só um.

ADELAIDE

A médica, sentada à secretária, olha a parede branca à sua frente. A porta fechada, também branca. A ombreira da porta e o rodapé, brancos. A secretária, o armário atrás de si e o biombo que separa a zona de exame, tudo branco. Perseguição pálida. A confiança dos pacientes no asseio do espaço. Para ela, é vazio. Um consultório sem alma, uma folha nua à espera de um símbolo. A bata, branca, que a esconde e iguala a uma parede, a uma secretária, a uma porta, a um armário.

Uma nostalgia incolor.

Talvez essa melancolia tenha surgido na visita a Jorge. Manhã cedo, café longo em copo descartável; cafeína sumida em água morna. Serviu para ocupar as mãos enquanto o preparavam. Visões do corpo amarrado à cama, bata igual aos lençóis, drogas na veia, ansiedade controlada. O espanto de o ver no terraço, sereno, à sua espera: limpo, penteado, vestido com as suas roupas. Olhar nublado, mas pouco assustador. Esperava pior. Senta-se e, sem pensar, bebe mais um pouco do café frio. Possivelmente por não saber o que dizer. Olham-se, frente a frente, as respirações silenciosas, talvez em sintonia. Qualquer palavra ou frase lhe soa desadequada. Fica calada. Jorge diz que se sente mais calmo. Passados alguns minutos, ela diz «que bom».

Adelaide levanta-se e sai. É tudo o que consegue hoje. Não olha para trás.

Jorge e o copo do café frio, na mesa branca.

Já no carro, a cabeça para baixo, apoiada no volante, três respirações profundas e a chave na ignição. Em andamento, salta de estação em estação, músicas, notícias, trânsito, vozes nasaladas, quase cómicas, mas que não lhe servem para rir. Nem para coisa nenhuma. Não hoje. Desliga o rádio que não colabora. O sinal vermelho e a fila de carros, quieta, maçadora. Ela no meio daquela centopeia de chapa, pernas feitas rodas. Observa braços de fora nas outras janelas, fumo de cigarros a fugir por frestas, aprimoramento de maquilhagem, retoque no barbear, mais uma demão de verniz. Viaturas-casas, as mesmas coisas que nos enchem os armários da casa de banho metidas no porta-luvas. Discussão no carro ao lado; motivo: uso de cotonete em público; ela cruza os braços e vira a cara, olha pela sua janela; ele escarafuncha um pouco mais. Sinal verde, andam todos, não o suficiente para Adelaide, que usa o sinal vermelho como desculpa para ligar a David. Outra vez. Há uma semana que não atende, não devolve telefonemas, não responde a mensagens. O sinal de chamada em alta voz, um eco no habitáculo, o anseio de ouvir «estou?», mas nada. Outra vez.

E ainda Alice. Uma invasão inesperada, pincelada de cor no seu espaço, pintura em ritmo cardíaco acelerado, como se na parede branca fossem desenhados os picos de um eletrocardiograma a muitas cores. Fez o que devia. Apenas. Não mais do que aconselhar, encaminhar. É médica, não é milagreira, convence-se lutando consigo.

«Deixa cair, Adelaide, deixa cair.»

Braços pendurados ao lado do tronco, num esforço para não pensar, como se as inquietações pudessem cair ao chão pelos dedos e se desfizessem no mar branco. E desaparecessem.

Não funciona assim. Não funciona, pronto. Fica a remoer. Mas tenta, imagina um interruptor na cabeça, pode ser na parte de trás, camuflado pelos cabelos. Aproxima um dedo, como se o fosse desligar, cortar a corrente a um tema, abrir espaço a outra coisa, qualquer coisa: *tricot*, desenhos ponto a ponto, colorir mandalas, sopa de letras, *sudokus*, meditação, floricultura. Tanta coisa na cabeça, agora, um fervor de pensamentos e, mesmo assim, lá ao fundo, se o cérebro tivesse fundo, como um poço, Alice.

Alice de mãos dadas com Eduarda e tudo volta, sem voltar realmente, pois continua longe, no fundo do fundo do cérebro. E Antero. *Tsunami* dentro do poço. O cancro que não o matou. Já conseguirá aceder aos dados no sistema?

O telefone branco começa a tocar.

A assistente de piso a perguntar se está tudo bem, que estranhou tanto tempo sem chamar pacientes. Adelaide percebe a indireta, deve haver um alarme de ineficiência que dispara numa sala de controlo algures, como se todos tivessem um sistema homem-morto à cintura, que acusa imobilidade no computador do grande irmão. Desliga o telefone, endireita as costas e junta estes pensamentos ao rol. Carrega na tecla *enter*, chamando o próximo doente. *Bip*.

Ema ignora os sinais sonoros, acabarão por vir procurá-la quando chegar a sua vez, é desagradável levantar a cabeça a cada *bip*, prefere ler a revista nova. Mas não consegue concentrar-se, apesar do interesse no artigo «Mães que falham, mas não desistem». De cada vez que inicia a leitura, as letras esbatem-se, somem-se, e surge a imagem de Alice. A forma como a despachou e a falta de solidariedade maternal. E Ema a pensar que falar dos próprios filhos, contar histórias e mostrar fotografias fosse o prazer máximo das mães, afinal há segredinhos, informação restrita a um clube do qual ela não faz parte. *Aquela ingrata, a esquecer-se de quem lhe paga o ordenado...*

«A doutora Adelaide está à sua espera.»

A bata branca de pé, ao seu lado. Ema caminha com os pensamentos em suspenso. Bate à porta do gabinete 12. Espera, mesmo depois de ouvir «entre!»

O que faço aqui?

Há um silêncio que acomoda as duas mulheres. Dura mais do que é suposto, como se cada uma delas esperasse o primeiro passo do outro lado. Como numa batalha.

«Porque veio?», Adelaide quer perguntar, mas contém-se. Pensa nos caracóis de Tomás, na ira de Ema, calcula que esta não seja uma consulta médica, que não fará sentido entabular conversa com «em que posso ajudar?» ou «de que se queixa?». São minutos perdidos, estes, em que, em vez de a interpelar, deixa fugir o tempo. Procrastinação. Subtrair euros na folha de vencimento. Envergonha-se das coisas que lhe ocorrem, materialismos que não a definem, só a atormentam por definirem o mundo.

«Eu tinha de vir. Entende isso?» A voz de Ema, a rasgar de negro a brancura muda. Não espera pela resposta. Não lhe interessa, tem um peito de coisas para deitar fora. «Você e aquela máquina fotográfica. Desde esse momento que eu quero saber o que pensa quem faz tal coisa. É para alguma coleção de fotografias de cadáveres de bebés?»

O desconforto é como um pano que desce, veludo pesado, vermelho-sangue. Adelaide apoia os braços na mesa, olha-a sem receio, continua sem saber o que dizer, são duas mulheres ligadas a fichas diferentes, contudo próximas: ambas perderam alguém para o mutismo, ela, o marido, a outra, o filho. Nenhuma sabe se ainda é possível vencer essa luta.

«Antes de o Tomás ter o acidente, estas dúvidas não me incomodavam ou, pelo menos, não pensava tanto nisso como agora, talvez seja por ainda não estar a trabalhar.»

Ema desce o olhar para as mãos no colo e continua.

«Por alguma razão, você aparece em momentos cruciais. Faz coisas que eu não entendo: tanto aconchega uma criança assustada como fotografa outra em condições pouco comuns, ambas minhas.»

Adelaide começa, a sua voz limpa propaga conforto. Ouvi-la é como sentir os pés quentes no inverno. Ema escuta, não quer mostrar fraqueza, mas vai-se envolvendo na fala ritmada.

«Há algum tempo, assisti a um parto de gémeos. Foi uma urgência, eu estava de serviço. As coisas não correram bem, e esse casal encontrou nas fotografias uma forma de lidar com a dor, talvez por ela, a mãe, ser fotógrafa. Duas meninas, gémeas verdadeiras, uma delas não sobreviveu.»

A pausa inevitável em que os olhares se encontram.

«Fizeram uma sessão de fotografias com as gémeas, uma viva e a outra morta. O hospital não queria libertar o corpo para participar numa atividade a que chamaram «lúdica». Eu empenhei-me nisso, fez sentido na minha cabeça aquela despedida simbólica, a filha viva precisava dos pais. Às vezes, também não entendo o que cura as pessoas. Cada uma, à sua maneira, tem caminhos para sarar feridas. Aqueles pais precisavam desse… momento, se lhe quiser chamar assim. E fi-lo porque estou aqui para isso. É o meu caminho.»

A médica abre a primeira gaveta da secretária e retira uma fotografia, que faz deslizar no tampo da mesa até Ema. Dois bebés recém-nascidos, duas meninas gémeas, a do lado direito chora, rosto enrugado, fatinho cor-de-rosa, pernas no ar, a do lado esquerdo está deitada de bruços com umas asinhas nas costas. A do lado esquerdo é a filha morta, veste de cinzento, e está, ela própria, cinzenta.

«Tentei ajudar quando lhe sugeri a fotografia, foi apenas isso. Desculpe.»

«Arrume isto.» Ema devolve a fotografia. «É medonho.»

«Não. Não é medonho», Adelaide assertiva. «Talvez não se enquadre no seu mundo perfeito, calculado, mas a vida é inesperada. Para estes pais, preparar a chegada de duas meninas não foi o suficiente. Acabaram por levar apenas uma criança para casa.»

Ema revira os olhos. Sente o tom de repreensão e prefere ignorar. Adelaide capta a indiferença, no entanto, prossegue: levanta-se, apoia as mãos na secretária e, aproximando-se da outra, eleva a voz.

«Também foi inesperada para mim a forma como o seu filho me mostrou os meus erros. Uma vida ao serviço dos outros, a cuidar deles, a preocupar-me com eles, não só profissionalmente mas muito para lá das minhas obrigações com a medicina. Dei mais atenção aos meus doentes do que ao meu marido, dei-lhes algo irrecuperável, perdido para sempre: tempo. Os meus melhores anos foram-se em vidas complexas, entreguei-os ao serviço de doenças que não fizeram mais do que roubar, também elas, anos aos seus portadores. Uma grande perda de tempo tudo isto, eu sabia que não podia ganhar o jogo, sempre soube, mas o Tomás mostrou-me a enorme perdedora que eu sou, muito mais do que estava preparada para ser enquanto me mentalizava para isso durante todas as noites em branco ao serviço dos outros.»

Ema não percebe porquê, mas ouvir o nome do filho e a importância que Adelaide atribui ao encontro com a criança enfurece-a. Faz-lhe nascer calor por dentro, como se tivesse uma fogueira na barriga para onde cada palavra, cada frase é atirada como uma acha que lhe incendeia o peito até à garganta.

«Não tive filhos. Não era para mim, pensava, não tinha tempo, havia gente que contava comigo a qualquer hora. Quem são essas pessoas? Onde estão agora? Têm famílias a quem se dedicam. Eu apenas fiz o meu trabalho. É o que eu sou para essas pessoas em prol de quem abdiquei de mim, apesar de, na altura, não perceber que o fazia. Pegar no Tomás ao colo, tê-lo junto a mim, deu-me clareza para, finalmente, ver tudo isto. Uma epifania? O seu filho disse-me tudo isto sem uma palavra. Se não percebe o quanto isto é extraordinário, não entendo porque é que pensou algum dia ser mãe.»

Adelaide senta-se. Percebe que tem os joelhos a tremer. Ema finge-se imune a tudo o que ouviu, mas a ira consome-a. Quer ir-se embora antes de deixar ruir as aparências.

O encontro não serviu de nada. Sabem-no ambas.

Poderá haver paralelismos nas suas vidas, pensa Adelaide, mas nenhuma se sente melhor por o ter percebido, se é que Ema o entendeu. Não há utilidade nessa informação, mais uma coincidência escusada. Noutras alturas, seria uma bandeira a perseguir, a amizade que teria de nascer, apenas por acreditar nessas inevitabilidades. Agora, inevitabilidade é outra coisa, para ela. É deixar correr, como o tempo daquela espécie de consulta.

Poucas são as coisas que, tendo de acontecer, não acontecem. E pouco podemos fazer para as apressar ou travar.

Fatalista? Efeitos colaterais de viver. Por isso, Adelaide opta pelo silêncio, agora. Quer saber de Tomás, dizer que gostava de o ver, de o levar num passeio e de o abraçar, mas cala-se. Já não é ela, tornou-se outra. Como uma paisagem gasta após sucessivas tempestades.

Erosão.

Ela, só ela, cercada de vida desbotada. E de todas as vezes em que acreditou poder ser a diferença na vida de alguém, mentia.

Mentiu descaradamente a si mesma.

Ema, de pé, mala ao ombro, mão esticada, despedida impessoal, Adelaide corresponde. «Obrigada» à saída.

«De nada», algum tempo depois de a porta se ter fechado.

Já é noite, mas não se nota no consultório branco. Luz branca. Tudo artificial.

Apoia a cabeça atrás e volta a pensar em Antero. Quer saber.

Puxa o teclado para si, tira os sapatos. Hesita, não deve avançar, ele nunca foi seu paciente, não é a sua área de especialidade, invoca todos os «nãos» de que se lembra e, ciente da falta de ética, continua.

Abre a ficha do doente e, numa breve visualização, confirma que há mais informação além da que tinha inserido. *Scroll down*, devagar. Não sabe porquê, mas tem medo. Levanta-se. Caminha descalça em círculos. Regressa. Verifica datas e retrocede 20 anos, ao diagnóstico de cancro. Estádio III, poucos meses de vida.

Resultados de análises, operações, quimioterapia, remissão.

Curou-se? Como?

Pesquisa um pouco mais, verifica que, a partir de certa altura, há resultados de análises com valores favoráveis, tendo em conta a agressividade dos tratamentos a que Antero foi sujeito. Não há registo de transfusões sanguíneas, ao contrário do que indicam algumas anotações iniciais do médico. Cerca de um ano após o diagnóstico, tendo sido submetido a duas cirurgias e várias sessões de quimioterapia, o médico escreve um comentário numa área mais reservada do sistema: «Não se verifica qualquer diminuição do número de glóbulos brancos ou vermelhos, nem descida de plaquetas; não há registo de infeções, perda de cabelo, lesões na boca, entorpecimento ou formigueiros nas mãos ou nos pés. O doente, perante a minha estranheza, revelou ter seguido uma terapêutica alternativa.»

Nos anos seguintes, visitas frequentes para exames de rotina. Um intervalo de seis anos. O regresso durante o ano passado.

«Terapêutica alternativa?», Adelaide em voz alta.

Que terapêutica terá sido? E como teve ele acesso a tal coisa? Curar um cancro de estádio III?

Adelaide mais depressa acredita num milagre.

Pesquisa mais um pouco, memoriza o nome do médico, mas para quando a equipa de limpeza abre a porta. Na frente, uma mulher bastante gorda, de pano e vaporizador na mão, pede desculpa: «pensava que já não estava ninguém.»

A mulher olha-a fixamente.

Adelaide desliga o computador, despe a bata, pega na mala, diz «boa-noite» e sai.

Fica com a sensação de conhecer a gorda, mas não se recorda de onde.

EMA

O silêncio e a obscuridade envolvem-na quando mete a chave na porta. Como se, ainda na rua, já sentisse a solidão com que a casa a recebe. Andou às voltas pela cidade, conduzir sempre a ajudara a descontrair. Jantou no carro, uma salada que encomendou a um altifalante. Mãos saídas de uma janelinha depositaram nas suas, saídas da janela da viatura, um saco de papel. Lá dentro, talheres de plástico e temperos com que disfarçou a alface sem sabor. Quando termina, não se lembra de mastigar ou deglutir, comeu em piloto automático. As palavras da médica num eco constante, *loop* voraz.

Tira os sapatos sem cuidado e deixa-os na entrada, desalinhados, contrariando a sua necessidade de ordem. Apenas um pequeno gesto de quem anseia destruir tudo com um maço. Estilhaços de coisas debaixo de um martelo gigante, escombros de cristal, porcelana, pratarias, madeiras nobres. O prazer de rasgar uma tela com uma faca de trinchar. Deitar abaixo a maldita casa perfeita.

Sobe as escadas em silêncio, pés suaves acariciados pela alcatifa macia, quatro centímetros de altura, manutenção a cada 15 dias. Pés que se afundam em luxo. O rosto do filho à luz de presença, ela de joelhos no chão, à beira da caminha, o aconchego de mãe que acalma algum pesadelo. O futuro assustador enquanto os dedos passeiam nos caracóis de seda. Amaldiçoa a médica que lhe trouxe o medo em *loop*. Medo de não saber ser mãe. Nunca quisera filhos, e agora este receio, este pânico imenso como quem acorda e já se está a afogar. Ninguém para partilhar temores.

Deita-se no chão, de lado. Há segurança no tapete de jogos. Segue com a mão pela pista de carros desenhada, a confiança do percurso conhecido, mais à frente a curva perigosa, mas esperada. Tomás a respirar fundo. O ar dividido pelos dois.

O telemóvel, ali caído, ilumina-lhe a face. Um *e-mail* a chegar. Continua deitada, adiando, mas a curiosidade ou a necessidade, essa coisa que se propaga debaixo da pele, dominando vontades, que obriga a saber o que se passa em tempo real, senão… senão o quê? Nada, provavelmente. No passado, havia tempo de espera, sabíamos que era assim, não nos chocava, esperávamos a chegada de cartas com a paciência de quem não tinha alternativa. Agora, a informação na nossa frente a piscar, luzes que acendem, insistentes, tentadoras. Hoje, não aguentamos umas horas, ou alguns minutos. Dar tempo ao tempo, conceito obsoleto. Toda a ansiedade é destrutiva.

Ema cede como é suposto que faça. Informação é prioridade. Está debaixo da pele.

O *e-mail* é do Esteves, quatro fotografias anexadas, texto curto, data e localização, como combinado: «Bar do Hotel Paris, hoje à tarde.»

Ela apoia a cabeça na mão esquerda, cotovelo no chão. Abre as fotografias, uma a uma, com o polegar da mão direita. Vasco ao balcão do bar, sorriso sedutor, copo na mão, a outra no ombro de um homem mais jovem; este veste de preto, fato e camisa, destaca-se a gravata roxa. Na imagem seguinte, grande plano do rosto do desconhecido: face elegante, maçãs do rosto altas, cabelo castanho-escuro, as madeixas mais compridas na frente brincam com o olhar azul, quase transparente. Mais duas fotografias dos homens em postura cúmplice: numa brindam com champanhe, noutra estão bastante próximos, o desconhecido parece segredar ao ouvido de Vasco.

Costas no chão, barriga para cima, braços abertos, telemóvel atirado para longe. Revê as fotografias mentalmente e… nada, não sente nada. Não vale a pena continuar a pagar ao Esteves. Percebe que Vasco lhe é indiferente. O receio de o perder vinha da necessidade de ter uma família capa de revista, todos sorrisos, a felicidade nos dentes perfeitos, brilhantes.

Hoje, deitada no chão do quarto do filho, que dorme, percebe que Tomás é a única ligação ao marido. Talvez não chegue para manter o casamento, mesmo a fingir.

O amor continua a ser algo abstrato, desconhecido. É qualquer coisa que faz com que estar ali deitada no chão seja bom, só por estar perto do filho. Não entende, nada disso faz sentido na sua mente calculista. Acaba por adormecer, apesar de desorientada por tudo o que está a descobrir e que não é capaz de controlar.

A culpa é da médica, é o seu último pensamento. Depois esquece tudo num sono pesado.

TERCEIRA PARTE

BEATRIZ

No primeiro dia sentiu-se rebelde. À porta, pronta para sair, decidiu ficar, que precisava de um dia seu, sem telefones a tocar, sem gente. Pela escrita, repetia, um argumento que não cumpriu, procrastinando o ofício no sofá, entre livros e filmes. *Será esta a zona de conforto?*, o pensamento como um interruptor debaixo das pálpebras pesadas.

Era confortável não ir trabalhar, tanto que a semana foi toda igual. Convenceu-se de que o ócio lhe daria o impulso para começar, finalmente, a escrever o livro. Há cinco dias em pijama, as refeições encomendadas *online*, louça abandonada por todas as divisões, o cursor no início do primeiro parágrafo, à espera.

Gosta de não ter de falar.

O propósito do isolamento perdeu-se. Agora é solidão por solidão. Se é preciso estar em algum lugar, que seja no ninho, com a cabeça debaixo da asa. Sente segurança a monitorizar o clima, ajustando a temperatura do ar, a controlar as horas, todas suas. As paredes da casa jamais se precipitariam sobre ela, sufocando-a. Não respeita a noite nem o dia. Por vezes, imagina que não há gravidade e que pode flutuar, deitar-se centímetros acima da cama.

Não pensa nos comprimidos, não lhe ocorre essa armadura, a casa protege-a. Os dias isolam-na, cada um é como uma camada impermeável, cada vez mais longe do exterior, perto do coração da casa. Escreve frases soltas em folhas de papel quadriculado que espalha pelos móveis, num chamamento. Cada letra presa numa quadricula, os limites a moldar identidades: o *a* é diferente do *b*, o *c* do *d*, mas a margem de ação é igual para todos. *Como no escritório*, pensa, enquanto olha o mundo pelos espaços da persiana semifechada, *somos nós até ao limite imposto*.

Por isso, não volta. Está fechada em casa, onde se sente livre. Em silêncio, mas com a opção de falar. Contudo, prefere pensar. Por vezes, até lhe doer a cabeça. Pensa coisas que magoam, é por isso. A liberdade dói tanto que opta por mover-se dentro da sua quadrícula. Não mais. Agora dita ela os limites, define a dimensão do cárcere.

Aprende mal a liberdade.

É, talvez, a mais insignificante das mulheres. Aquela que quase esquecemos, que perdemos de vista admirando os rodopios das outras vidas. E ela a guardar a dor. A fingir que a consegue enterrar, mas todos os dias uma camada de desgosto, pazadas de desencanto até ser nada, ela. A dor, sempre maior, esmaga-a.

A fatalidade de quem fecha
sentimentos no peito é
sofrer.

Apenas uma das frases a que chama «solta». Que finge perder numa estante de livros, para se obrigar a deixar cair coisas. Ficar mais leve.

Não resulta.

Beatriz é vítima. De si própria, dos pensamentos de que não se liberta apesar de os mandar para longe, em folhas de papel. Escreve como quem desenha letras na pele com uma faca.

Está faminta. É mais uma tentativa de chegar ao âmago, que a fome a leve para fora de si, num delírio de fraqueza. Olhar-se de fora, olhar-se de cima, uma luta para fugir do próprio corpo. Passa a maior parte do tempo imóvel, constrói personagens de curta duração, tem uma tendência para mortes violentas, apesar de rápidas. Tudo se esfuma antes da primeira palavra escrita.

O cursor

a piscar na página

branca.

A fome é uma tempestade que arde no estômago. Não a combate. Evita-a com frugalidade, debicando das prateleiras da despensa racionada. Beatriz é rigorosa. A comida como calendário, segunda, terça, quarta, quinta, à sexta uma colher extra de açúcar, sábado e domingo, jejum. Passa mais tempo em frente ao computador quando a fome é maior. As mãos prontas, à espera do sustento.

O racionamento era inevitável. Nunca fez poupanças e o saldo da conta bancária atingiu o zero. Não tem família, afastou-se a tempo. A cada 24 horas, a alegria de não ter de trocar uma palavra, um olhar, com outro ser humano. Sorri enquanto debica folhas da planta caídas no vaso, a seiva amarga depois da garganta, menos uma ida à despensa. Esperar é saber atravessar rios, enfrentar a corrente e manter a rota.

Pensa no doutor João Lourenço com raiva. É ele o culpado, convence-se, andando em círculos. Os comprimidos secaram-na, *e se o tempo de abstinência não der resultados?*, mais duas voltas à roda de nada, o mal está feito, o roubo é irreparável.

Perdi a mão.

Pega nas lamelas que sobejaram, dez, e tira os comprimidos, um a um, para um prato pequeno. 140 comprimidos. É bom ter uma alternativa.

«Alguns dos sinais de sobredosagem podem ser tonturas, tremores, agitação, convulsões, coma, náuseas, vómitos, alteração do ritmo do coração, diminuição da pressão sanguínea e alteração no equilíbrio de fluidos do corpo.»

«...não é aconselhável combinar com álcool.»

Deita fora a bula e pensa se 140 comprimidos serão suficientes para não sofrer sintomas de sobredosagem. Deixa uma garrafa de *vodka* ao lado do prato, não quer correr riscos.

Senta-se, calma, no sofá cinzento. Espera que a noite passe.

CATARINA

«Hoje, espero que o gabinete esteja vazio.»

Catarina empurra o carrinho das limpezas pelo corredor, vai passando pelas portas abertas, de um e de outro lado, a maioria dos médicos já foi para casa. *Não é mau fazer o turno da noite*, pensa, enquanto arrasta as pernas inchadas, cada vez mais gordas. Tem o dia para as suas coisas, algumas casas onde ainda faz serviço, cada vez menos, pois não é fácil ser ligeira com excesso de peso. Faz dieta rigorosa, até consultou um nutricionista, mas com poucos resultados; esforça-se, mas a balança não a recompensa, parece que engorda a cada inspiração.

«Exercício, dona Catarina. Caminhadas ou, idealmente, hidroginástica.»

Suspira de cansaço, o carrinho parece cada vez mais pesado.

Duas batidas na porta. Espera. Não há resposta. Entra. Acende a luz. Ninguém.

Começa a limpar, secretária, móvel, *spray* de limpeza, pano, numa coreografia repetitiva. Passa as costas da mão na testa, qualquer movimento a faz suar. Volta-se com o som da porta, *clic*, Adelaide fecha-a atrás de si, Catarina segura o ar no peito e, desapontada, diz «boa-noite».

«Dona Catarina, não é?», Adelaide esboça um sorriso forçado. «Como está das dores nas costas?»

«Lembra-se de mim, doutora?», enfia o pano no bolso da bata azul, pousa o *spray* na secretária, ao lado do telefone.

«Sim. Recordei-me depois do nosso encontro aqui, há uns dias. Na semana passada. Não estou certa da data.»

«Na semana passada», Catarina de olhos no chão.

Adelaide senta-se numa das cadeiras e faz-lhe sinal para que se sente também. Ela hesita, daquele lado apenas tem a cadeira da médica, fica constrangida, não sabe onde pôr as mãos. Contorna a secretária e ocupa a cadeira ao lado de Adelaide.

A médica entra no tema com subtileza, preocupa-se em manter contacto visual com Catarina, numa tentativa de perceber se a doença de Antero lhe é familiar. Depois de se lembrar quem era a mulher com quem se cruzou no gabinete, foi uma questão de tempo e contas rápidas para perceber que Catarina era empregada de Antero durante os piores tempos da doença, antes do casamento com Eduarda. Decerto saberia o que aconteceu. A empregada é a sua melhor hipótese, pois o médico que o seguia na época morreu num acidente de carro. Quando descobriu que o médico não a poderia ajudar, pensou em procurar Alice, apesar do episódio desagradável no velório, mas reconsiderou. Alice era uma criança quando foi viver para a casa de Antero, além de que, nessa altura, a doença estava ultrapassada.

Leu o processo inúmeras vezes, não conseguindo deslindar a terapêutica alternativa. Pesquisou casos semelhantes, todos com hipótese de sobrevivência remota. Deambulou pela Internet testando todo o tipo de termos na pesquisa. Nada.

Catarina está inquieta, visivelmente incomodada com o tema. Assente sobre a doença, deu o apoio possível ao patrão, confirma que foram tempos duros para ele, «muita magreza e falta de apetite», refere. Depois dos tratamentos perdia as forças e ficava de cama. Tinha muito frio. A empregada contraria um arrepio passando as mãos nos braços com determinação.

«Recebia visitas? Falava com alguém nessa altura? Viu-o fazer algum tratamento em casa?», pergunta Adelaide, impaciente.

«O senhor Antero foi melhorando, os tratamentos no hospital fizeram-lhe bem...»

«Dona Catarina, peço-lhe que faça um esforço, qualquer recordação, qualquer pista...»

«Pista?», Catarina de pé num ímpeto, «Para que lhe interessam pistas? A doutora é da polícia, por acaso?»

Adelaide não sabe responder, não sabe por que razão precisa tanto da informação, de descobrir como se curou o traste. Talvez para concluir, tristemente, que, se a doença o tivesse levado, Eduarda estaria viva. Que não a teria sequer conhecido, pois ela nunca teria aparecido uma e outra vez nas urgências. Ele morto e ela viva. Assim, ambos mortos.

Porquê a ânsia de se ocupar das vidas alheias, dos dramas por resolver, do segredo de Antero? Haverá alguém, além dela, que se interesse pelo passado do morto?

«Lembro-me de uns frascos que chegavam pelo correio.» Catarina de olhos baixos, novamente sentada, os dedos a brincar com o debrum da bata, junto aos joelhos. «Começou a melhorar umas semanas depois. A empregada da farmácia ia lá a casa dar-lhe as injeções. Guardava tudo no escritório, no armário da *vitrine*, eu não tinha autorização para mexer.»

«Frascos?», Adelaide olha-a interrogativa, na esperança de lhe transmitir alento para continuar. «E de onde chegavam os frascos?»

«Olhe, doutora, eu não sei de nada. Não gosto destas perguntas. O senhor Antero não ia gostar que eu falasse das coisas lá de casa...»

Adelaide não quer deixar escapar a oportunidade, talvez Catarina saiba mais do que diz, talvez tivesse investigado o móvel proibido... afinal passava muito tempo sozinha na casa e, mesmo acompanhada de Antero, doente, devia estar quase sempre na cama. Não lhe faltariam oportunidades de tirar o mistério a limpo.

Catarina levanta-se e dirige-se à porta, a mão na direção do puxador, Adelaide lesta, apoia-se na porta, mantendo-a fechada. Olham-se. Medo nos globos raiados da empregada.

«Desculpe, doutora, mas tenho muito trabalho para fazer.»

Adelaide não sabe o que dizer, pensa rápido, não a pode deixar escapar. Sabe que, noutra altura, Catarina não cederá, hoje é o dia. Começa a improvisar, primeiro, sem sentido, depois lá vai articulando uma história criada no momento sobre um doente com a mesma doença de Antero. O homem inventado já fez todos os tratamentos disponíveis, sem resultados. Explica a Catarina que as suas pesquisas sobre a doença a levaram ao caso de Antero e que, se souber como é que ele se curou, pode ajudar, não só este doente, como centenas (ou milhares) de pessoas.

A mulher baixa os olhos. Adelaide percebe-lhe a dúvida, o que considera positivo, sinal de que sabe mais do que quer aparentar. Pousa-lhe as mãos nos ombros, numa tentativa de lhe transmitir que é pelo melhor, que não deve sentir medo, já não pode desapontar o patrão, mas pode ser bastante útil à ciência.

«As encomendas chegavam da Alemanha», Catarina muito corada. «A dona Rute, da farmácia, guardava os remédios na parte de baixo do armário, atrás da secretária, depois de lhos dar. Ficavam muito tempo fechados no quarto.»

Adelaide percebeu-lhe raiva na última frase. *Rute*, memorizou o nome.

«Eu não gosto disto, já disse! Mas se é para ajudar…», respira fundo e prossegue: «Tem razão, eu ficava muito tempo só. Não é do meu feitio espiar, mas tinha muita preocupação pelo senhor Antero e não sabia se aquela Rute… a dona Rute o estava mesmo a ajudar.»

«Dadas as circunstâncias, tomou a decisão certa, Catarina. Conseguiu entender o que conversavam quando estavam fechados no quarto?», percebe que foi longe de mais ao ver o vinco que se lhe forma na testa, um sulco entre os olhos cada vez mais raiados.

«Eu não escuto às portas, doutora!», braços cruzados acima do peito farto.

«Claro que não, mas esta foi uma situação particular. Para ser sincera, acho que qualquer pessoa no seu lugar o faria.»

«Acha?», as bochechas redondas muito coradas, gotículas de suor na testa brilhante.

«Por preocupação, claro», Adelaide assertiva.

«Ele não tinha mais ninguém... o senhor Antero, quero dizer», endireita as costas numa tentativa de seriedade, «eu ficava muito aflita quando, no fim de cada dia, o deixava sozinho e ia para a minha casa. Sim, ouvi à porta e vasculhei o armário, queria saber o que se passava ali.»

Adelaide permanece em silêncio. Sabe que agora é esperar.

«Cada caixa recebida tinha, normalmente, seis frascos envolvidos em papel e protegidos com esferovite. Procurei no escritório», baixa os olhos, envergonhada, «os rótulos dos frascos tinham muitos dizeres, mas eu não percebi nada, nem em português sei ler bem... só entendi uma palavra: *Deutschland*, a minha sobrinha tinha emigrado para lá há pouco tempo. Nessa altura, o senhor Antero falava muito ao telefone, em estrangeiro. Um dia, exaltou-se e desligou a chamada, furioso. Ao passar por mim no corredor, deu-me um estalo na cara.» Fica tão corada, ainda mais, como se tivesse acabado de levar um estalo. Andava muito alterado, gritava também com a dona Rute, discutiam dentro do quarto; uma das vezes ela saiu de lá a chorar, um candeeiro de louça ficou desfeito no chão.

«Porque discutiam?», Adelaide ansiosa.

«Ele sofria muito dos nervos, coitadinho, eu acho que os remédios lhe afetaram a cabeça.»

«Sabe, Catarina, não há grandes desculpas para a violência...»

O semblante da empregada altera-se, o rosto põe-se rígido, fala baixo, mas convicta: «Eu sei o que a doutora quer, o que sempre quis, mas o homem já está morto, deixe-o descansar. Não o injuriou o suficiente em vida?»

Abre a porta e vira costas, empurrando o carrinho, apressada, pelo corredor fora.

BEATRIZ

Aproxima-se da secretária. Acende a luz, o dia nasce tímido. Senta-se e escreve como quem corre, veloz, antes de tudo ruir.

Evita pensar, mas é difícil. Constrói o texto com as inevitáveis interferências do raciocínio, ideias que se atravessam no caminho da ideia inicial, questionando-a, propondo melhorias. Cedendo. Os dedos agarram imagens numa dança rápida. Parece fácil.

O frio entra-me na pele e escava até aos ossos.

Parece que nasce
de dentro para fora e não
o oposto.

...

Deita-se na cama, exausta. Costas doridas, demasiado tempo, nem sabe quanto, sentada. Nos olhos, o fundo branco, a tela permanente. Claridade não é iluminação.

Escrever,
apagar,
refazer.

A mesma página uma e outra vez. Nenhum ponto final é definitivo. Começa-se onde tudo tinha terminado. Esquece-se do trabalho anterior num desprendimento irreal, ou finge-se que pode servir noutro dia, só para não custar tanto.

Há um calendário na parede, dia sete, data primeira da nova vida. Seguiram-se dias de silêncio. Quantos? Perdeu-se no isolamento sempre igual. As palavras foram escritas, mas não chegam, serão alguma vez as adequadas? As suficientes?

Não saber se servem não é melhor do que não saber se é capaz.

Não está melhor, por dentro.

A vida é como uma camisola que deixou de lhe servir.

De pé, em frente à mesa da sala, dois comprimidos em cima da língua. Empurra com o líquido incolor, sem cheiro, quase um procedimento clínico. Conjuntos de dois comprimidos em sequência, cada vez mais rápido, não quer correr o risco de se libertar antes de chegar ao fim. Beatriz é a sua própria prisão.

ALICE

«Bom-dia.» O cumprimento soprado ao ouvido.

Alice, apanhada de surpresa, a cápsula da bala, fechada de repente, na mão pequenina. Agora pega-lhe sempre que quer pensar: na mãe, na trovoada daquela noite, no desamparo que, sorrateiro, se instalou.

A cápsula que descobriram juntas. Uma bala que pode ter atravessado um dos corpos. Eduarda ou Antero? Silêncio.

Dez da manhã, escritório vazio. Pausa. Só Alice e Celeste no primeiro andar. Vozes e aroma de café escada acima. Celeste ocupa a cadeira do colega ausente, ao seu lado. Alice calada, aperta o pequeno objeto um pouco mais, quase a furar a palma da mão. Ao mesmo tempo, sente-o na garganta, a deixar passar apenas o fio de ar essencial. Uma bala imaginária a cortar palavras, esvaziando a cabeça e descendo, rasgando tudo, até ao peito.

Observa Celeste de lado, a boca vermelha, perfeita. O *eyeliner* negro e as pestanas longas. Os olhos atrás dos óculos grandes, de massa negra. Celeste vira-se, apercebe-se da forma como é olhada. Desejam-se. Alice de cara no chão, envergonhada.

As vozes sobem a escada e instalam-se, cada uma, no seu posto de trabalho. Celeste já no seu lugar. O sufoco de uma sala com gente calada. Som de dedos nas teclas. Telefones que tocam. Pensamentos que se escapam como fumo através dos poros. O ar cheio de lamentos invisíveis. Dois olhares que se cruzam atravessando tudo.

Após o regresso de Ema, os dias voltaram a ser infinitos e, mesmo assim, não chegam para cumprir todas as tarefas. Ema a levar a equipa à exaustão como quem espreme uma laranja. Há vários dias que Beatriz não aparece, e a chefe não deu pela falta dela, simplesmente passa o trabalho a outra pessoa, não importa quem. Uma das colegas instalou-se no espaço de Beatriz como quem conquista um novo mundo.

Ela não percebe a diferença?, Alice aflige-se.

Ninguém sabe onde mora Beatriz, qual o número de telemóvel, ou onde vive a família. Não lhe conhecem amigos ou relações. Pensa um pouco, olha em redor, passa-se o mesmo com toda a gente ali. Mal os conhece. Exceto Celeste. O coice no peito e a mão que arde, como se a cápsula fervesse com o nome dela. Apoia as costas atrás e relaxa um pouco, imagina outras relações ou amizades secretas. Porque não? Tornaria mais humanos os colegas *robots*.

Ao fim do dia, a indecisão. Mesmo assim, avança gabinete da administração dentro, nunca tinha feito tal coisa, fica sem jeito na frente dela. Uma vida a escapar à sua presença e, hoje, por sua vontade, na cova do lobo.

Desconfortável, mas direta ao assunto, pergunta por Beatriz, mais em jeito de entabular conversa do que na expectativa de uma resposta. Ema levanta os olhos do teclado e parece afável, o que a surpreende. Ema não se apercebera da ausência da sua assistente, apesar de tentar disfarçar. Alice vira costas, chocada, depois de dizer baixinho «até amanhã». Fecha a porta do gabinete e despede-se da mulher no lugar de Beatriz.

Como é possível não perceber que é outra pessoa?

Saberá ela quem eu sou?

O meu nome, pelo menos?

Alice entra num bar ali perto, o ambiente é acolhedor apesar de sombrio. Senta-se ao balcão alto de madeira escura e observa, indecisa, as garrafas alinhadas na parede. Está deslocada e não sabe o que pedir, sente-se infantil. Acontece-lhe tantas vezes, esta distância às coisas mais triviais, como um buraco que se abre no chão a meio do caminho. Gostava de ter uma bebida preferida, algo que pedisse sem receio de parecer imatura. Como um copo num bar pode definir uma pessoa…

«*Gin* tónico», responde perante a expressão interrogativa do empregado. Só porque é o que toda a gente pede. Hoje, sente-se igual a toda a gente.

Ema telefona a Beatriz, aliviada ao verificar que tem o número gravado.

O telemóvel não dá sinal. Não é possível deixar mensagem.

ADELAIDE

Olha-o sentado à sua frente, a mesa de madeira a separá-los. Jorge muito direito, as mãos juntas, pousadas no colo, os dedos entrelaçados. Calmo como nunca o viu quando estavam juntos. Ali, no jardim do hospital, graças a uma medicação que ela prefere não conhecer, apesar da sua profissão, o marido é um desconhecido. Podia dizer que é um homem novo ou mesmo um estranho, e fingir tratar-se de um primeiro encontro, não fosse o passado que os marca. Como uma tatuagem debaixo da pele.

Ainda o visita por obrigação, mas não tanto como nos primeiros tempos do internamento. Habituou-se a pensar naquele espaço, rodeada de árvores, casaco vestido, aconchegado ao pescoço caso o vento corra mais agreste. A verdadeira loucura parece ficar de fora, para lá dos muros que cercam o hospital, um resguardo para demência diária, do outro lado.

Obedecemos tanto, cada vez mais, à voz que nos leva para longe de lugares como este. Adelaide cisma nisto durante as longas conversas em que ninguém fala. O olhar vazio de Jorge, o tratamento a bloquear-lhe os sentidos; um dia, todos em jardins a tomar comprimidos para desligar. Pensa muito durante as visitas, ultimamente vai ali por isso. Imagina as longas conversas que poderiam ter naquele cenário pacífico, caso ainda se tolerassem: decidir o jantar, ali em passeio, depois de um dia no trabalho. *Mas ninguém passeia.*

Janta-se qualquer coisa rápida e sem sabor. Somos o nosso trabalho sem horários. Alguém vê para lá disso? Alguém vê realmente? Alguém me vê? Um ofício é um muro que nos esconde.

Pensa em Antero, obcecada. Quer descobrir a verdade. O mistério da sua recuperação está sempre presente; entender o que o manteve vivo consome-a. Há sempre um foco, uma busca constante, sem os quais não existe. Teve Eduarda, uma luta que provavelmente continua na necessidade de descobrir a misteriosa cura de Antero. Eduarda é o eterno assunto mal resolvido. Volta sempre, com pretextos de descobrir verdades inúteis. «Estão todos mortos», repete. Mas isso é irrelevante para os pensamentos que não controla, para as coisas que surgem infinitamente, todas as noites, antes de conseguir entrar no sono.

Nunca se ocupou de Jorge com essa determinação e, mesmo agora, quando o observa, não quer saber. Acha-o bem, o que lhe dá sossego, claro, mas a verdade é que não a incomoda particularmente ele estar vivo ou morto. Nunca encontrou, dentro de si, vontade de cuidar dele. É como andar sempre à procura da verdadeira família.

Ele olha-a de volta como se houvesse um filtro na sua frente. Melhor, tudo fica mais fácil com a visão deturpada, aliviada de medos. Quem se aproximasse diria que a louca é ela: a falta de posição do corpo, o pé a dar a dar num ritmo acelerado, as mãos que não encontram lugar.

Alinha ideias como quem organiza pistas, as que Catarina lhe deu. Primeiro, a excitação de ter por onde começar: a tal Rute devia saber a verdadeira origem do tratamento que chegava pelo correio. Foi difícil encontrá-la, teve de pressionar Catarina num segundo encontro surpresa, para a descobrir.

Rute é uma velhota simpática. Recebeu Adelaide com um sorriso nada envergonhado pela falta de dentes. Prende o cabelo cinzento num totó alto. Passa os dias sentada numa cadeira de verga com almofadas coloridas, ao lado de uma janela alta, na casa da sobrinha, também Rute. Adelaide abordou Rute-sobrinha pela primeira vez na mercearia do bairro onde moram as Rutes, como são conhecidas lá na rua. «Uma aldeola no meio da cidade!», deixa escapar num sorriso. Jorge estremece, como se a voz da mulher lhe controlasse o botão *on/off*. Olham-se por um instante. Ele distrai-se com uma ave em voo mais baixo do que o normal.

Um suspiro e Adelaide regressa ao esquema mental, como se o estivesse a contar telepaticamente ao marido. Acha a ideia bonita. Impossível, como todas as coisas verdadeiramente bonitas.

A dona Rute passa as horas a tricotar pequenas pegas e bases para tachos com lãs coloridas que a sobrinha lhe compra em saldo. Por vezes, quando se acaba o fio, ela desmancha peças terminadas e prossegue na tarefa agulha-dedo, agulha-dedo, agulha-dedo, numa repetição de laçadas para encher as horas. Fala muito, principalmente acerca de doenças e dos compostos farmacêuticos para aliviar sintomas. Enumera, de memória, os passos para os mais diversos tratamentos, como uma criança a dizer a tabuada. Uma lengalenga cantada de cuidados com seringas, compressas e unguentos. Entra na cantilena a cada tentativa de Adelaide para abordar o tema «Antero». Rute-sobrinha ri-se, sentada no sofá, no outro lado da sala, das manhas da tia. A velhota, hábil a desconversar, provoca mais perguntas, alimentando a cavaqueira.

Rute-tia gosta da companhia, para ela novidade, tanto que entrelaça Adelaide por horas a fio, como se a visitante fosse, ela própria, um *napperon* dos mais trabalhosos. E a médica regressa, achando sempre que será esse o dia da revelação. Leva a velhota, em conversa, para outros ambientes, aproximando-a da farmácia, mencionando Antero, a casa, Catarina, as injeções. Julgou ver-lhe, apenas uma vez, um tremor estranho numa das pálpebras quando referiu as encomendas chegadas da Alemanha, caixas com frascos. Noutra altura, em que a sobrinha não estava presente, Rute olhou-a e disse claramente que escusava de ali voltar, não lhe iria contar o que ela desejava saber, que deixasse o passado quieto lá no seu aconchego distante. Adelaide não lhe reconheceu a expressão do rosto, durou apenas uns momentos, mas assumiu um semblante diferente, fechado, duro, que ela não conhecia.

«O senhor Antero arriscou viver e conseguiu, mas a que custo?», a malha pousada no colo, o fio amarelo à volta do pescoço, vincando-lhe a pele. «Os frascos puseram-lhe o Diabo no corpo, fez-se um velhaco. Curou-se, mas morreu na mesma.»

E depois mais nada. Rute começou a entoar uma ladainha com a voz sumida. Adelaide saiu sem se despedir, vencida.

Pensa muito em Rute, desde esse dia. Na sua habilidade em mantê-la junto a si, alimentando-lhe a expectativa da revelação. Possivelmente um escape para a solidão diária. Algumas visitas depois, a sinceridade: a verdadeira Rute, anos mais jovem, a declaração lúcida de que o segredo está guardado. Contudo, uma pista, suficiente traição ao homem que lhe deu emprego, talvez por a ter agredido. Uma pequena vingança encapuzada?

Um velhaco. Lá isso é verdade, mas terá havido um tempo para Antero ser bom?

Uma enfermeira aproxima-se e entrega a Jorge um copo de plástico transparente com três comprimidos brancos. Ele engole-os como um autómato, deitando em seguida a língua de fora num ritual obrigatório. A visita termina, os comprimidos deverão fazê-lo dormir umas horas. Caminha para o edifício amparado na enfermeira. O pequeno copo de plástico fica esquecido em cima da mesa.

Adelaide abandona o espaço. Quando atravessa o portão de ferro, parte dela deseja permanecer ali, a salvo da verdadeira insanidade. O carro, o trânsito, o ruído constante da cidade, uma vida a galope. Respirar é um ato inconsciente, mas, por vezes, o inspira-expira não chega. Faz uma inspiração profunda, retém o ar por tanto tempo que deixa de ouvir. Acumula-se nevoeiro no olhar. Continua até ao zumbido constante dentro da cabeça. Como o apito permanente da máquina acusando o coração parado. Morte.

Abre a boca e é como regressar à superfície. Quando engata a primeira velocidade ainda está zonza.

Segue-se o que sempre faz nos momentos mais duros: verifica o sistema mãos-livres e marca o número de David. Ele continua sem atender, dias e dias assim. Envia mais uma mensagem que ficará sem resposta. Palavras estendidas no vazio, esperando. A dúvida de serem sequer lidas.

Estaciona e olha em redor, está no bairro das Rutes. Não se lembra do percurso, nem sequer das manobras a parquear o carro e, contudo, ali está, perfeitamente alinhada com o passeio, entre dois automóveis. Os apagões de memória são mais frequentes, vê-se tão envolvida em pensamentos que entra numa espécie de modo automático de locomoção. Abre a porta com cuidado, verificando o trânsito, talvez sentindo que, por hoje, já arriscou que chegue.

Dá a volta à casa e acena a Rute, que faz malha junto ao janelão. Esta indica-lhe a porta, encostada. Junto a ela, Adelaide puxa uma cadeira, que coloca na sua frente, e senta-se, olhando-a. Rute, em silêncio, agulha-dedo, agulha-dedo, agulha-dedo, fazendo o novelo de lã verde saltitar-lhe aos pés.

«Não pensei que demorasse tanto tempo a voltar», ri-se a velhota.

«Está a gozar comigo?»

«Sim. O que é que os velhos podem fazer para passar o tempo?», a gargalhada sincera, desdentada.

Ultrapassada a surpresa, Adelaide alimenta alguma esperança: «Significa que me vai contar a verdade? Sobre as injeções...»

«Não.»

«Não?»

«Não posso revelar o que não sei.»

«Mas...»

«O senhor Antero não deu explicações, apenas me pediu para lhe administrar o medicamento. Eu não gostei nada da ideia, não sabia o que era, apenas que era enviado da Alemanha, através de um amigo que fazia lá investigação.» Dá um puxão no fio e prossegue: «com o tempo, consegui saber mais algumas coisas, mas não muito, pois o desgraçado foi ficando cada vez mais alterado, talvez efeitos colaterais das injeções. Um dia até me deu um tabefe», outro puxão, este com mais força. «Eu era muito magra e ele tinha a mão pesada, caí para cima de um candeeiro.»

«Eram medicamentos? Autorizados?»

Rute levanta os olhos e fica quieta, decerto desagradada por a sua confissão de violência física ter sido ignorada. Adelaide mexe-se na cadeira, nitidamente desconfortável.

«Era um fármaco experimental», agulha-dedo, agulha-dedo, agulha-dedo outra vez. «Não passou para a fase de testes. O amigo desviou do laboratório os que conseguiu.»

Adelaide de pé num impulso, a cadeira para trás, em estrondo no chão. «Não avançou para testes? Um medicamento com essa taxa de sucesso não avançou para testes?»

«Desde quando é que o objetivo da indústria farmacêutica é curar alguém? De que viviam eles se acabassem com as doenças? A senhora nem parece que é médica!», última laçada, remate, uma base para copos concluída, que estende a Adelaide. «Tome, para recordação, já não precisa de me continuar a aturar.»

No consultório atende pacientes com a cabeça longe, consumida com frascos que atravessam fronteiras e com a sua própria ingenuidade.

Será possível que tenha sido o medicamento misterioso a torná--lo violento? As injeções que o salvaram espancaram-lhe a mulher anos depois?

Regressa à ficha de Antero, há registo de consultas e exames nos anos mais recentes: reincidência do cancro. Segunda vez, segundo assalto, segunda morte adiada. Desta vez, só até à noite do temporal.

O novo médico é sucinto nas notas, porém está vivo. Saberá alguma coisa sobre as injeções?

Só mais uma tentativa.

EMA

Já em casa, tenta, mais uma vez, falar com Beatriz. Telefone sem sinal.

Afunda-se no sofá, apoia os pés na mesa de centro, em cima de uma pilha de revistas. Vasco em reunião via *skype*, a porta do escritório entreaberta.

Revê as fotografias do marido com o homem no bar do hotel. David. Pensa no nome dele enquanto faz deslizar as fotografias com o indicador, para baixo e para cima. Uma última tarefa para Esteves: o perfil do desconhecido.

«Jovem elegante e sedutor convive com senhoras e cavalheiros.» O anúncio típico no jornal. O marido a procurar companhia paga. Talvez não fosse a primeira vez... Segundo Esteves, o *gigolo* tem dado preferência a Vasco; desde que se conheceram, não atende mais ninguém.

Não se sente chocada. Nem sequer com o dinheiro que deve estar a encher os bolsos do acompanhante. Também não sofre de ciúmes, Vasco sempre procurou divertimentos temporários e ela teve o tipo de educação que tolera esse padrão. No que toca aos homens, claro. Mas o pior é não sofrer por amor. É olhar para as fotografias do marido com outro e ver apenas dois homens. Dois homens quaisquer numa produção fotográfica para uma marca de gravatas, por exemplo. Ou de bebidas.

Nos últimos tempos, pensa bastante na escassez de amor na sua vida, nas relações rígidas, convencionais, com a família. Nunca a incomodou não amar Vasco – os achaques da paixão sempre lhe pareceram dispensáveis, emoções a toldar o raciocínio. O agregado funcional, os dias num esquema sem surpresas. Rigor e expectativas controladas. Mas agora, talvez por a ligação ao filho ser tão frágil, por o ver carente de abraços, carente o suficiente para se deixar aconchegar pela empregada ou pela médica, quer sentir essa coisa que toda a gente parece não conseguir dispensar. Tem de aprender. É um caminho novo, e espera ainda ir a tempo de deixar o filho levá-la pela mão. Sente-se parva por desejar tais banalidades.

Regressa ao telemóvel e ao pragmatismo de sempre. É o momento para se livrar do marido. A família não vai tolerar a ligação com um prostituto, andasse ele com todas as putas da cidade e a esposa perfeita tinha de aguentar, mas com um homem… não, Ema não vai deixar escapar a oportunidade.

Sobe a escada, tira um casaco do armário, calça as sabrinas azuis e, da porta do quarto de Tomás, desafia o filho para sair, comerem um gelado juntos. O menino sorri. Corre para ela.

Antes, uma paragem na cozinha, instruções a Célia, que prepare a mala de Vasco. «Viagem de quantos dias? Que tipo de roupa?», pergunta a empregada.

«Viagem definitiva. Toda a roupa que conseguir.»

Mãe e filho de mãos dadas, porta fora.

Tomás escolhe os sabores preferidos com o dedo indicador esticado na *vitrine* da gelataria. Chocolate e baunilha. Sentam-se, mãe e filho num silêncio confortável, cones cheios de creme doce, colorido. Bigodes de chocolate no rosto do menino.

Ema pega no telemóvel e envia as fotografias dos dois homens ao marido. Junta algumas palavras, apenas para ter a certeza de que

Vasco já não estará em casa quando ela voltar. Que leve a mala, já deve estar pronta, e desapareça. De futuro, falarão através dos advogados.

Suspira, aliviada, e desliga o telemóvel. O marido não tem direito a resposta, não hoje.

ADELAIDE

O cartão no bolso da bata azul: Dr. Afonso Marques, oncologista. Os olhos que se levantam do jornal desportivo, na pausa do café. Adelaide nervosa, o peso do corpo de um pé para o outro. Pede licença para se sentar e avança antes da resposta. Afonso inclina a cabeça para trás ao terminar o café, cumprimenta com «bom-dia», espera durante algum tempo, olhando-a.

Adelaide pigarreia durante segundos lentos, parece não haver palavras adequadas para encetar a conversa. É difícil superar o constrangimento de abordar a situação de um paciente que nunca esteve ao seu cuidado, não tendo, aparentemente, motivos para o fazer.

«Desculpe, mas não me lembro de si no processo do senhor Antero.»

O esperado. Agora dar a volta à conversa, porque lhe falaram de um doente curado milagrosamente.

«Curado? O homem morreu.»

Este Afonso Marques que não facilita, e ela só quer saber... saber... saber...

«Olhe doutora, eu também soube dessa história, que ele sobreviveu quando todos o condenaram. Sei que passou alguns anos bem, até se casou. Interessa o porquê? O como? Esse tipo de perguntas podem levar um médico à insanidade, há poucas respostas na nossa profissão, apesar de termos de as dar a toda a hora, convictos.»

«Quando ele chegou até mim, não havia nada a fazer, pelos vistos pela segunda vez. Se havia um milagre, devia ser de utilização única.» Levanta-se e sorri, cínico, enquanto mete o jornal debaixo do braço.

«Tenha um bom dia, doutora.»

Ela sabe que tem de esquecer.

Esquecer Eduarda, esquecer Antero, esquecer o que não fez. Mas a culpa a morder, a condenar, a tirar-lhe bocados.

Porquê? Para quê? Tem real preocupação por alguém? Ou tudo se resume a uma fixação?

O ritmo obsessivo com que sempre cuidou dos outros tornou-a dependente desses cuidados. É compulsiva. Maníaca. Sente-se doente.

Perdida, marca o número. O nome de David no ecrã do telemóvel, sinal de chamada, e nada. O telemóvel mudo. *Porque é que não atendes, cabrão?*

Pensa no copo de plástico transparente com três comprimidos brancos. Uma corrente de pensamentos, sempre. Espécie de lista de supermercado permanente de coisas por resolver, que inventa só para repisar, porque não consegue dizer a si mesma, com convicção, basta!

Deixa de dormir. De noite, pensa com o volume no máximo, a lista em coro. Ecos. Tenta tudo: chá de alface, exercícios respiratórios, som de chuva a cair, ler, rezar. Um conjunto de tentativas comuns a qualquer insone, mas ela, médica, não consegue escolher uma droga com a eficácia desejada. Olha para a gaveta aberta, lá dentro medicamentos de todas as cores, nenhum para calar vozes. Está tão cansada.

Não se recorda de sair de casa, nem do percurso, mas está na sala de espera do consultório do doutor João Lourenço. A segunda vez em pouco tempo que lhe sucede tal coisa. Surpreende-se que não esteja a usar um sapato de cada cor ou uma das peças do pijama. A sucessão de noites em branco e, agora, o medo de nunca mais conseguir dormir, junta uma nova carruagem ao comboio de pensamentos. A viagem segue e é infinita.

A consulta rápida, Adelaide sabe o que quer, fez esse último esforço de lucidez por si, a primeira vez que se coloca num lugar de maior importância. A última também.

O psiquiatra sem margem de manobra pela surpresa: Adelaide apresenta o problema e a cura; tudo o que ela diz faz sentido, chega a parecer ponderada e em nenhum momento denuncia pensar naquelas coisas pela primeira vez. Articula um discurso lógico e conciso, fruto de longa meditação. Um esforço recompensado, tudo assente: a declaração médica, a receita e um pedido de análises. Trauteia mentalmente a melodia de um anúncio conhecido, que repete dezenas de vezes como um foco que a orienta para longe da lista de cismas permanentes.

Doutor João Lourenço, psiquiatra há 18 anos, sentado à secretária, digere o sucedido. Pede à rececionista que aguarde mais um pouco antes de mandar entrar o próximo doente. Passa a mão por cima da folha, esticando-a, talvez para se certificar do que está escrito, apesar de feito pelo seu punho. A primeira vez que alguém lhe pede para ser internado.

Adelaide despojada. Monja em voto de pobreza. O hábito-pijama de hospital.

Nada, a sua verdade.

A existência que nunca teve, agora concretizada.

Metida na cama, aprecia a vista para o jardim, uma janela à disposição. A segurança desejada, dentro dos muros que a protegem da loucura do exterior. A sensação tão boa de passar o portão no sentido contrário da última vez, o inverso do pânico, as rodinhas do *trolley* a cruzar o terreno. Os pertences que decidiu dispensar numa entrega total à cura.

Deitada, espera pelo silêncio. Tomou três comprimidos brancos que lhe deram num copo de plástico transparente. A língua para fora, prova de obediência. Olhos fechados. Um interruptor na cabeça finalmente a desligar.

ALICE

«A Beatriz faltou outra vez.»

A voz de Ema, tão próxima, nas costas de Alice.

As passadas suaves, impercetíveis da chefe. A voz dela a apanhá-la de surpresa, grave, junto ao seu ouvido. Alice fica zangada com a situação, com o colega da frente que assistiu a tudo, possivelmente desde que Ema arrancou do fundo da sala na sua direção, e nem um sinal, um piscar de olho, qualquer coisa.

Há quanto tempo a estaria a observar? Recorda, como num filme a andar para trás, as tarefas dos últimos minutos, nada de comprometedor, ainda bem, só o trabalho chato e rotineiro de todos os dias: conferências, contagens, introdução de dados. Por sorte, nenhuma página da Internet em uso, não que seja proibido, mas com Ema ali tudo parece errado, uma zona interdita.

«A Beatriz faltou outra vez.»

A frase repete-se na cabeça de Alice. Talvez para tentar identificar o sentimento presente. Repreensão? Raiva? Indiferença? Curiosidade? Mais um assunto na lista de afazeres? Um tópico na próxima reunião?

«Acha que aconteceu alguma coisa?», a pergunta inútil, sem retorno, só por achar que tem de dizer algo, dar resposta ao comentário da chefe. Sente-se estúpida por responder com uma pergunta. E mais estúpida por dar resposta quando não havia qualquer questão. Fica nervosa, as mãos suadas, o rosto a arder.

«Vamos a casa dela saber o que se passa.»

«Vamos?», mais uma pergunta, agora a voz estridente, Alice não quer acompanhar Ema a lugar algum. Prefere que se esqueçam dela ali, nas suas tarefas sempre iguais. A casa da Beatriz, ainda por cima. Imagina cenários de abandono, talvez um assalto, desarrumação, louça suja por todo lado. Não sabe de onde surgem aquelas visões, mal a conhece. A verdade é que mal conhece todos os colegas, apesar das horas diárias juntos. Mesmo Celeste conhece pouco. Às vezes tem receio de a conhecer melhor, de permitir que a verdade lhe retire encanto.

«Sim, venha comigo!», Ema já desce as escadas, chave do carro na mão.

A viagem foi desagradável para Alice, não conseguia parar de pensar no encontro que tiveram no hospital, e nas perguntas pessoais que a chefe lhe fizera na altura. Esperava, a qualquer momento, a continuação do interrogatório, apesar de não entender por que razão quereria ela tomar conhecimento sobre pormenores da sua vidinha, estando lá no alto, numa existência perfeita.

Contra as expectativas, a conversa foi banal, sobre a localização da casa, cuja morada tinha sido necessário pedir aos Recursos Humanos, uma vez que ninguém no escritório sabia onde morava Beatriz.

Ema estaciona numa rua do subúrbio. Fora do carro, observa os prédios degradados, sem manutenção. Evita o lixo espalhado nos passeios. Alice segue uns passos atrás.

Ninguém atende a campainha e ficam algum tempo à porta do prédio, caminhando de um lado para o outro no pequeno patamar, sem trocar palavra. Ocasionalmente, como num jogo à vez, pressionam a campainha, mais para alívio do espírito do que por acreditarem que alguém irá atender.

Aproveitam a entrada de um vizinho para seguir escada acima. O homem ignora-as, mesmo quando lhe perguntam se conhece Beatriz.

Esperam no primeiro andar, diante da porta do lado direito, após o som grave da campainha. Pressionam várias vezes o botão redondo, e Alice encosta o ouvido à porta. Uma mosca-varejeira passeia por ali, zumbindo em eco no poço da escada. A vizinha do primeiro esquerdo abre a porta numa clara bisbilhotice e o patamar é imediatamente envolvido por um intenso cheiro a fritos. A mulher limpa as mãos ao avental e espera. Ema toma a iniciativa de lhe perguntar por Beatriz, que tem faltado ao trabalho. Alice, de olhos no chão para escapar aos mirones da criatura. Responde que não sabe, que não a tem visto, mas quem se dá com ela é a dona do quiosque, ao fundo da rua.

Agradecem.

A dona Dulce atende-as, emoldurada por pequenas revistas com resumos das telenovelas e bilhetes de lotaria, tudo pendurado com molas de orelhas. O quiosque é uma janela numa pequena construção de cimento. As revistas maiores estão dispostas no balcão, os jornais do lado direito. Sim, conhece a menina Beatriz, como lhe chama, e estranha muito que ainda não tenha passado por lá. Meteu de lado a revista de livros que ela lhe encomenda e que tem de mandar vir de propósito, pois mais ninguém ali se interessa por essas coisas. «E que cara que é!», remata, lamentando o anunciado prejuízo.

Indica, dando um jeito com o queixo, a morada do senhorio da cliente, dois prédios adiante. Afastam-se.

Alice está em cuidados. Observa Ema e adivinha-lhe a mesma preocupação. Caminham em silêncio, como se as palavras ditas pudessem influenciar alguma coisa e mudar, à última hora, o sucedido. Sim, porque ambas sabem, ou não estariam ali, que alguma coisa grave aconteceu. Apressam a marcha, partilhando a sensação de que pode ser tarde.

O senhorio, um homem alto e entroncado, apresenta-se como Tavares depois de lhes escutar os receios. Que não, não tem visto a inquilina, mas que também não é de se intrometer. Desde que lhe pague a renda, não perde tempo em conversas. Alice acha-o rude e deixa-se ficar para trás enquanto seguem pela rua, regressando ao prédio de Beatriz. Tavares segue escada acima, os pés enormes contra os degraus, eco das passadas de gigante no silêncio do mármore.

O punho fechado contra a porta de madeira. Ema estremece com os modos do homem, ficando em suspenso depois das pancadas. Os olhos da vizinha da frente numa fresta da porta entreaberta espiando as três figuras no patamar. A mão gigante leva a chave à fechadura, Alice e Ema param de respirar num reflexo ansioso. O ar é libertado dos pulmões ao perceberem que a chave não avança. A porta está trancada por dentro.

«E agora?», perguntam as duas ao mesmo tempo. A vizinha logo ali, já no patamar, a porta de casa escancarada, uma criança chora lá dentro.

«Chama-se a polícia», decide Ema, sempre pragmática.

A vizinha mete-se em casa, fecha a porta com cuidado e o choro é silenciado.

«Não!», a voz do senhorio, como um rugido. «Eu entro por uma janela.»

«Senhor Tavares!», Alice a medo. «Sabe-se lá o que vai encontrar. Ela está em casa, ou a chave não estaria por dentro.» A última frase sumida, a boca seca, o ritmo cardíaco acelerado. «Além disso, é no primeiro andar.»

Ema assustada, encosta-se à parede. Pensa em Tomás. Pega no telemóvel e digita o número de emergência, já Tavares vai escada abaixo.

As duas mulheres sentam-se nos degraus, trocam olhares, nenhuma se atreve a falar. Os momentos de aflição tornam-nos supersticiosos: ambas sabem que não há palavras capazes de alterar o cenário dentro da casa, seja qual for. No entanto, inibem-se conscientemente de conversar, como se isso evitasse o pior.

Um estrondo lá dentro, vidros partidos, som de estilhaços pelo chão. As duas de pé cá fora. Largam-se uma da outra ao perceberem que deram as mãos. Alguém roda a chave por dentro, Tavares abre a porta. «Tive de partir a janela de trás», a resposta aos olhares das mulheres para o cotovelo ensanguentado, a camisa rasgada.

Entram.

Ficam no *hall*, imóveis. *Para que lado ir?* É o pensamento comum. À direita, a porta aberta da cozinha, ao fundo, a janela com os vidros quebrados, um vaso no chão, talvez caído do parapeito, terra espalhada.

«Beatriz!», chama Alice. Sente-se tola, se Beatriz fosse responder já o teria feito.

Ema avança para a divisão à esquerda. Distingue um sofá no quarto escuro. Os olhos habituam-se à penumbra das persianas descidas e vê que está na sala: há uma mesa rodeada de quatro cadeiras, *teria Beatriz alguma vez recebido alguém ali?*, pensa; observa as paredes forradas de estantes cheias de livros. Mais dois passos, um vulto no chão. Deixa escapar um grito, mão no peito, respiração descontrolada. Alice surge ao seu lado, Tavares atrás. Aproximam-se de Beatriz, corpo inerte no chão, virada para cima, pernas de lado, joelhos fletidos, pijama. Alice toca-lhe na testa, como se medisse a febre a um dos filhos. Retira de imediato a mão. Não corre vida num corpo gelado, toda a gente sabe.

As duas mulheres olham-se com desalento. Chegaram tarde. Beatriz morreu sozinha, trancada em casa, apenas livros como testemunhas. Um dia faria diferença? Ontem teriam chegado a tempo? E se não tivessem vindo hoje, nem amanhã, ou depois? Quando e como saberiam dela?

Beatriz morreu. De quem é a culpa?

«Culpa» é uma palavra que se enterra na carne. Que se esconde. Hoje é apenas um vocábulo proferido sem grandes efeitos colaterais, contudo, o arrastar dos dias fará a expressão emergir como uma sentença. Uma pessoa real, presente diariamente nas suas vidas, morreu. Qual seria o tamanho da sua solidão? Qual a dimensão do vazio escondido pela imagem de mulher jovem, bonita e competente? O que temia? Quem era na realidade? Nunca saberão.

«Nunca» é outra palavra curiosa, usada tantas vezes de modo leviano, sem perceção do seu sentido limite. Talvez por não haver sentido no fim, porque quando se chega lá, ao fim, não se tem essa consciência. Depois do fim, nada. Como ser consciente de que tudo acabou se já não se é? Antes, imediatamente antes, talvez se perceba o real significado de «nunca», mas, até lá, é mais uma palavra atirada fora.

«Quem avisamos?», pergunta Tavares, depois de acender a luz. Observa o espaço, com as mãos na cintura, enojado com a quantidade de lixo e louça suja por todo o lado. Faz, possivelmente, o inventário de estragos; planeia os arranjos para futuro arrendamento.

Iluminado o corpo, a morte é definitiva. Como se a escuridão pudesse oferecer esperança à coisa mais definitiva que há. Beatriz tem um aspeto acinzentado, mas pacífico. Os olhos estão fechados, *talvez tenha morrido durante o sono?*, Alice, ingénua. Os cabelos longos estão espalhados pelo soalho. Os braços, afastados do tronco, dão a sensação de que ela queria alcançar algo com as mãos.

Ema aproxima-se da mesa quadrada e pega numa garrafa de *vodka.* Vazia. Há várias lamelas ali espalhadas, todas sem comprimidos. «Álcool e medicamentos», verbalização do óbvio.

«Quem avisamos?», Tavares a lembrar que ninguém realmente conhece a vítima.

«Ninguém toca em nada!», anunciam dois polícias no *hall*, distintivos à vista.

Ema enfia algumas folhas na mala, à pressa, ante uma Alice boquiaberta. Não sabe de que se trata, e só depois de fechar a mala, segundos antes de os polícias entrarem na sala, é que se questiona sobre o que acabou de fazer. Esconde provas.

O que se passa comigo?, a mão na alça a tiracolo, olhos no chão evitando os homens fardados. Tenta desculpar-se mentalmente: *demasiadas folhas para ser uma nota suicida, poucas para algo realmente importante, provavelmente apontamentos esquecidos, sem interesse.*

Não resistiu aos papéis brancos, alinhados na mesa. Talvez o tenha feito por receio de ser algo relacionado com ela ou com a empresa, dado Beatriz ser sua secretária. *Ter sido sua secretária*, corrige para si. Lança um olhar a Alice pedindo descrição. Tavares não deve ser problema, certamente só pensa em correr com toda a gente e, principalmente, com o corpo dali.

Seguem-se alguns procedimentos policiais e é contactado o médico-legista. Os três têm de prestar declarações.

É noite quando Ema estaciona no parque da empresa, esgotada. Saíram da esquadra e seguiram para ali em silêncio. Alice comenta que não comeram nada o dia todo, à falta de coisa melhor para dizer. Ema assente. O pessoal foi para casa há muito, amanhã terão de dar a notícia, de adiar para depois o esquecimento deste dia.

Sinal de luzes ao fundo do parque. Reconhecem o carro de Celeste. Alice pensou nela durante todo o dia. Não foi Paulo que lhe ocorreu no momento em que descobriram o corpo, não foi o medo de nunca mais o ver que a paralisou, mas sim um temor avassalador de ser Celeste, e não Beatriz, ali caída, morta. Não havia razão para isso, a desaparecida não era Celeste, mas há um pavor constante de perder quem se ama, normalmente adormecido, que desperta à visão do horror.

Alice sai do carro, a despedida é feita com o olhar de quem partilhou coisas inomináveis. Olhar devolvido por Ema. Dirige-se decidida ao carro de Celeste, abre a porta, ocupa o lugar do pendura, estica-se para lhe dar um beijo no rosto. Seguem juntas.

No dia seguinte, chegarão ao trabalho juntas, assim como no dia a seguir e no dia depois desse, decididas a começar e terminar todos os dias lado a lado.

EMA

«Pode ir, Célia, eu fico com o Tomás.»

A empregada olha-a, surpresa. Não a ouviu chegar. Ema descalça na alcatifa confortável, sapatos na mão. Fechara a porta devagar. Descrição pouco comum nela.

«Boa-noite», despede-se Célia, com a voz sumida antes de sair da sala.

Ema desliga a televisão e aproxima-se do filho, que brinca no tapete de jogos. Há peluches, livros e carrinhos espalhados. O menino boceja, ensonado. A mãe estende-lhe as mãos, puxando-o, e seguem escada acima, ele ao colo.

Há conforto no silêncio depois de um dia longo, doloroso, a primeira vez cara a cara com a morte depois de perder Rita. Pousa o filho na cama, aconchega-o sob o edredão leve e olha-o. Permite-se a uma felicidade desconhecida apenas por estarem juntos. Espanta-se com o que uma criança de três anos lhe pode ensinar e decide acompanhá-lo no silêncio, permitir-lho enquanto ele não quiser falar. Tentará lidar com os efeitos de uma coisa que não controla, mas sabe que será muito duro. A verdade é que ninguém controla coisa alguma, ela apenas se convenceu de que poderia. A sua forma de lidar com a incerteza de cada dia, todos os dias.

Faz deslizar a porta do guarda-roupa e, sentada na *chaise longue*, observa o espaço vazio, ainda há pouco ocupado com as roupas de Vasco. Uma vida que desaparece do armário, do quarto, da casa. Orgulha-se da forma inteligente como se livrou dele. Manterá a família do seu lado, alimentando a imagem de esposa traída e abandonada, conseguirá a guarda total do filho, e o melhor, o que lhe faz surgir um sorriso, uma pensão choruda.

Puxa a mala para si, arrastando-a pela alça, pega nas folhas amassadas, guardadas com pressa à revelia da polícia e da falecida.

Quem és tu Beatriz?, pergunta-se antes de começar a ler.

O frio entra-me na pele e escava até aos ossos.

Parece que nasce
de dentro para fora e não
o oposto.

Lembro-me do calor.

Da chuva torrencial como fumo no solo quente, da suavidade da noite morna, um cobertor de estrelas. Foi há muito tempo, eu era pequenina quando me trouxeram.

Agora, as noites são de tremores. Nada me protege do ar gelado que entra pelas grades, quatro paredes, uma a deixar entrar inverno. A cela que percorro em duas ou três passadas. Os meus passos são largos, eu sei, são passos de elefante, mas a linha do horizonte deve ser longe, no fundo do fundo do que se vê. Aqui, vejo um palmo à frente da tromba. Apenas.

No palco tenho mais espaço, mas estou tão concentrada para fazer tudo bem, como o chicote ensinou, que a tensão não me deixa desentorpecer os músculos.

Bambolear ao som da música estridente.

Contar as passadas
para a esquerda e para a direita.

Equilibrar a pequena bailarina
com uma perna de cada lado da minha cabeça
e levantar a tromba.

Pelo menos, não tenho frio. Não que a manta colorida que me assentam no lombo aqueça, muito menos o pano de lantejoulas a decorar-me a fronte, com um pendente a bailar no meio dos olhos, mas a lona espessa da tenda aconchega aplausos e risos, e uma coisa chamada «calor humano». Não percebo como os humanos podem gerar algo tão bom como o calor, mas acontece e sabe-me bem.

Às vezes, quando não estou demasiado triste, agrada-me a música, mesmo sendo tão difícil equilibrar-me numa bola ao ritmo da melodia, ante os olhos arregalados das crianças na fila da frente. Parecem-me bons humanos, as crianças. Gosto de as impressionar erguendo-me nas patas de trás.

Só não gosto que me chamem elefante, sou o único animal aqui a quem isso acontece: fêmea com nome de macho. Sou uma aliá. Elefanta na pior das hipóteses, mas é tão feio.

No fim do espetáculo apaga-se tudo. É como soprar uma vela. De repente, nada. Plateia vazia, artistas despidos de luz, animais encaminhados às suas solidões. A porta do meu cubículo bate com estrondo.

A noite na cidade é cheia de ruído. Buzinas, gritos, carros a acelerar, sirenes, alarmes, há sempre gente acordada, não é noite feita para descansar. Em casa, dormíamos todos perto, todos os da manada, quero dizer, uma família sempre junta. Agora sou da família do circo, mas não há outro ou outra como eu, o que me aumenta o frio. É uma misturada de bichos, como nos chamam. Praticamos para entreter os visitantes, para fingir que estamos felizes. Somos como o palhaço Pipoca, que enche o rosto de cor e desenha uma boca até às orelhas num sorriso permanente.

Tem o trabalho facilitado
com a cara a fingir.

Batem-nos muito. Quando não há público e não está ninguém a ver.

No início, chorava bastante, mais pela surpresa, por não entender os choques elétricos, o bastão e o chicote. Chorava também pela saudade. Mesmo hoje, já crescida, caem-me lágrimas por não ter tido tempo de ser livre. Por não saber como é crescer em liberdade. Sinto falta da erva seca, que me parecia tão alta em criança, e que agora me deveria fazer cócegas nas patas. Penso nisso quando me deito no feno húmido e a comida me sabe a mofo.

Na jaula em frente à minha mora o leão branco.

Em casa não o quereria ter a esta distância, mas aqui não parece tão perigoso. É muito bem tratado. Trocam-lhe o feno com frequência e tem sempre um naco de carne para se entreter. O animal mais bonito do espetáculo, sempre saciado. Os tratadores não querem correr riscos. Eu tenho dúvidas que consigam calar a selva que vive num leão. Talvez seja apenas um adormecimento, um acomodar do bicho às vantagens de ser o rei do circo, à falta do reinado natural.

Evito-o. Observo-o apenas quando ele não está a ver. O pelo alvo, seda brilhante ao sol da tarde, deitado na jaula. A postura nobre ao caminhar em círculos, desde o fundo da cela até às grades, a boca aberta num bocejo assustador, o rugido, a juba.

O pasmo dos visitantes que por aqui vagueiam entre sessões.

O tempo fará com ele o que fez comigo. A crueldade dos anos que nos atrofiam o corpo e as ideias. O tempo é o pior carrasco.

Lembro-me do dia em que o leão chegou.

O leão anterior envelheceu depressa. Um dia acordámos e já não estava aqui. Desapareceu. Na selva, os animais vivem e morrem, aqui, aparecem e desaparecem. Fica-se velho de repente. É difícil lidar com a camada de tristeza que cresce todos os dias. Seca lágrimas ao invés de as fazer correr. O choro guardado é uma carapaça pesada, derruba-nos e tira esperança. Deixamos de ser inteiros.

Chamem-lhe instinto ou inventem uma palavra nova, eu sei que esta é a última estação da viagem.

Sou agredida para sair da jaula e seguir o caminho marcado por um conjunto de cones vermelhos com riscas brancas.

Todos os dias, o mesmo percurso, já o decorei, mas a pancada continua. Deixou de ser para me ensinar, agora é só para mostrar quem manda. Eu sigo, de orelhas caídas a exibir submissão, no início fingida, convencida de que podia fingir, dar-me a esse luxo, mas hoje sei que pouco valho. O que vale um ser sem vontade? Vou cedendo pelo medo. Convenço-me de que a minha atitude pode fazer alguma diferença: se der os passos certos, respeitando o bailado exigido, difícil para o meu tamanho, da maneira que o treinador indica com a vara, tudo correrá melhor.

Mas falho. Tanto.

«Olha o que me obrigaste a fazer!»

Cerro os olhos à chicotada esperada.

A voz que manda, sempre a lembrar de quem é a culpa. Prossigo, tentando não errar. Mas é um engano, um tapete que estendo a mim própria convencendo-me de que pode haver algo nesta vida que dependa da minha vontade.

Que, se por uma vez fizer tudo bem, não apanho.

Estar aqui é tão inevitável como a morte.

A certeza de ser este o meu lugar. Não por o merecer, ou porque aqui pertença, mas por tudo me fugir ao controlo.

Acordar é adormecer num pesadelo.

Quando entro na tenda despida de cor, ainda a pôr-se bonita para os aplausos da noite, penso que hoje não, hoje a bailarina não me vai dar choques atrás do pescoço. Criatura pequenina, ainda menor sem as plumas altas na cabeça, e desengraçada sem o fato justo, cheio de brilhos. Usa agora um trapo que lhe segura o cabelo desalinhado, e uns collants *com malhas caídas.*

Durante os ensaios, o palco é uma arena e ela o verdugo.

Um dos caniches *amestrados fica a cirandar debaixo de mim, brincando, talvez achando graça ao abrigo do meu corpo. Desoriento-me. Um passo trocado. A música prossegue e eu fico para trás, perdida do compasso. A pontada forte na nuca que já esperava, mas que julgo, de todas as vezes, numa esperança descabida, que não se vai concretizar. Quando penso no meu tamanho e na minha força, revolto-me mais: eu podia esmagá-los! O medo faz-nos sempre mais pequenos do que somos.*

A noite chega num silêncio sinistro. Há uma brisa suave, agradável; nuvens que brincam, correndo. O leão está irrequieto, mas mudo, vejo-o mover-se, olhos de luz num vaivém, e nada ouço. Parece estudar uma presa.

Começa a chover, mas só com atenção se percebem os pingos finos, calados. De repente, o relinchar dos cavalos. As zebras batem com os cascos, os caniches *todos a ladrar. E o leão quieto, peito rente ao chão, posição de ataque. Do nada, um estampido forte, como um trovão debaixo da terra, a ventania inesperada arranca a tenda do chão, estacas e riscas coloridas levadas pelo céu, bancadas em pedaços acompanham as rajadas, sempre em círculos, mais e mais velozes.* Roulottes *tombadas, gritos de quem acorda e já está condenado, a natureza uiva e hoje os homens pertencem-lhe. Mandam nada. A minha bailarina segue pelos ares em pijama, agarrada a um ramo de árvore, um carrinho de mão em voo choca contra as grades da minha jaula, amolgando-as para dentro. Assusto-me e recuo. Urino-me em pânico.*

Hoje somos salvos pelas jaulas, o peso do ferro não as deixa voar, apesar de cederem à intempérie num trepidar medonho, mudando de sítio. Tenho medo, solto um barrido, mas o som não se percebe no meio do temporal, o feno espalha-se e voa ao meu redor. Desorientada, piso o bebedouro, que se parte de imediato. Imagino--me fechada, sem água, sem comida. A morte lenta.

Um silêncio abrupto e tudo para de girar.

Espreito pelas grades em pânico. Observo a destruição lá fora. O leão deitado no fundo da jaula. Observamo-nos. As nuvens desapareceram, avistam-se estrelas, o ar fica quente. Instinto em alerta. Pulsação acelerada. Nos nossos olhos a mesma certeza, estamos no olho do furacão. A bonança é passageira.

Novo estrondo pelos ares. Recomeça tudo. Rajadas que nada deixam no lugar, o som das árvores a ceder é monstruoso, há pedaços de telhado que chocam contra carros, muros, casas. Gente a gritar. Vidros que se quebram, muitos vidros, como se todos os copos do mundo caíssem no chão ao mesmo tempo.

De repente, a porta da jaula começa a bater. Abre e fecha, abre e fecha, abre e fecha. O ferrolho mal fechado é demasiado fácil para o vendaval. Saio sem pensar. Só depois chega o medo. Sinto o vento como facas. Quase caio, apesar do peso. Desequilibro-me, mas recuo a tempo. Abrigo-me perto da jaula. Grito, porque me apetece barrir do lado de fora. É bom. A tempestade leva os meus sons a toda a parte. Todos os animais começam a fazer barulho, o rugido do leão, finalmente. Apenas eu do lado de fora.

Outra vez silêncio. O tubo de vento afasta-se. Corre para outras destruições.

As nuvens desaparecem. A lua cheia ilumina tudo. As estrelas voltam.

Em redor tudo mudou. Uma árvore caiu sobre as roulottes, *casas sobre rodas esmagadas pelo tronco centenário, ramos enfiados nas janelas quebradas, coisas valiosas desfeitas pelo bafo dos céus. Não sei se lá dentro alguém sobrevive.*

Não me importo, não sinto nada.

Quero fugir, mas não sei para onde, não sei ir a lugar algum. Então, talvez desesperada pela solidão, ou pela liberdade sem instruções, abro, uma a uma, com a minha tromba, as jaulas dos outros animais.

Fácil. E que fácil seria tê-lo feito antes.

Fomos sempre presos quase-livres.

Sem o sonharmos. Talvez sem querer ver a saída.

O que fazer com o caminho aberto?

Estamos juntos cá fora, todos atemorizados pela presença do leão, que também deixei sair. Acreditei numa espécie de irmandade dos animais do circo, criaturas boas entre si, parceiros esquecidos de ser selvagens.

O leão afasta-se de nós.

O caminhar felino, independente, no meio dos destroços. Sua majestade por cima de árvores caídas, pedaços de casas, rodas de carros. A mesma elegância que exibe no palco, na savana. O vulto branco desaparece na cidade sem luz.

O resto de nós fica. Somos os mesmos prisioneiros, mas do outro lado da cela. Não sabemos o que fazer, para onde ir, como arranjar comida ou água. Criaturas servis perdidas sem os amos. Lambemos a liberdade e o sabor é acre. Esperamos, obedientes, pela nossa sorte.

Oriento-os numa roda e descansamos juntos. Não controlo o instinto de tomar conta deles, como se fossem a manada ao meu cuidado.

Eu, matriarca.

Assumo funções de mãe sem filhos, é a natureza em mim, nunca deixou de viver cá dentro, o ímpeto de cuidar. Estes companheiros não são da minha espécie, não entendem os sentimentos de uma aliá do meu tamanho. Sou enorme como as minhas emoções. Por vezes, piegas, choro com saudades do que me foi roubado.

Dias e noites, uns a seguir aos outros, e nós aqui. A nossa presença parece sobrenatural perante as gentes atarefadas a apanhar entulho, reconstruir casas, enterrar mortos. O leão não voltou e nós continuamos presos numa qualquer liberdade paralela.

Estamos bem. Apreciamos as movimentações da cidade, que recupera, ficamos com melhor impressão dos homens, principalmente porque respeitam o nosso espaço, a nossa roda. Mas não vale a pena convencer-me da sua bondade, sei que permanecemos aqui, em sossego, porque não nos podem ver. É um mistério que me intriga, desaparecemos para eles, como se a tempestade nos tivesse isolado numa bolha.

Não tenho dores musculares nem sofro com a artrite, apesar de estar parada, quase imóvel nesta roda que nos mantém sãos. Na jaula, o corpo pedia-me espaço e mal podia abanar a cabeça sem que a tromba chocasse em todo o lado. A imobilização é dura para qualquer ser destinado às paisagens amplas. Por isso, tinha uma ansiedade constante por campo aberto, por assistir ao pôr do sol sem grades. As articulações latejavam quando era obrigada a equilibrar-me com as quatro patas num banco redondo, muito pequeno. Fazia tanta força que os meus joelhos rangiam. Muitas vezes pensei que cederiam, mas o estalar do chicote convencia-me ao esforço necessário para cumprir a acrobacia.

Uma criança aproxima-se de nós. É menina, percebo que nos vê. Senta-se no centro da nossa roda e observa-me, quieta. Há espanto nela, é tão pequenina perto de mim. Usa um vestido simples, laço no alto da cabeça, franja, cabelo comprido. Ergue os braços e ri-se. É como uma agulha que fura a bolha protetora e deixamos de estar a salvo da redoma misteriosa. Um homem, talvez pai da menina, repara em nós.

Então espalha-se o pânico.

Porquê? Se estamos aqui há dias, não sei quantos, e não perturbámos nada nem ninguém?

Disparos para o ar.

Roda desfeita, harmonia quebrada. Medo. Cavalos e zebras a galope. Caniches *desorientados correm em todas as direções.*

Ergo-me e solto um barrido longo, o mais assustador que consigo, contudo, a criança aproxima-se de mim, sorrateira como um gato, de mãos e pés no chão, imitando um chimpanzé. Uma mulher acena-lhe de lágrimas nos olhos, um homem armado puxa-a para trás e aponta-me a espingarda. Sei que o fim está perto, preparo-me para o meu último barrido em liberdade, ergo-me novamente, tromba para cima, o mais alto que consigo, tenho cuidado com a menina que está cada vez mais perto, olho os céus com orgulho de ser uma aliá. Antes de qualquer som, uma pontada no pescoço. As patas fraquejam e tombo de peito no chão, orelhas caídas, tromba esticada na frente. Deixo de perceber os sons em redor, tudo é distorção, parece que tenho a cabeça debaixo de água. Vejo a menina, que continua a aproximar-se de gatas, e é noite sobre os meus olhos.

Conheço esta sensação de viver estando morta. As pálpebras pesam tanto que é impossível abri-las. A dormência alastra-se do pescoço ao resto do corpo. Eu estou fechada cá dentro.

Sou eu a minha prisão, agora.

Até acordar cercada por grades, algures.

Ema volta a dobrar as folhas, incomodada.

Não está certa de ter entendido o significado do texto, se é que existe algum, mas as palavras escavaram-lhe um buraco no peito.

EDUARDA

Aqui é sempre noite, agora. Mesmo quando o sol passeia do lado de fora, e se atira através das cortinas em farrapos, é noite que encontra cá dentro.

Breu. Trevas. Negrume.

A escuridão é a fechadura que encerra estas paredes.

Há paz, agora. Mesmo com o vento em corrupio, assobiando escada acima, agitando cortinas e batendo portas de armários. A corrente de ar que derruba vasos, atira quadros e molduras para o chão é serenidade.

Há mais calma na sinfonia de uma casa abandonada, do que no silêncio familiar do medo.

Uma revolução arejando lamentos que possam resistir, calados, atrás das portas.

O pano desceu na noite do temporal. Fim do último ato.

Atores, personagens, pessoas, tudo o mesmo. Todos fingidores querendo escapar ao inevitável. Guardei-lhes as conversas dentro das paredes, ajudei a suportar os medos que me foram confidenciados na escada, cada degrau um baú de segredos.

Tudo aqui aspira ao esquecimento.

Eduarda já estava morta antes de morrer naquela noite.

Finou-se quando a primeira bofetada a atirou ao chão, há muito tempo. Trazia a sua história nas marcas da pele. Não lhe consegui amparar as quedas, sofri os golpes que lhe foram infligidos, pedaços de estuque arrancados com a violência dos encontrões: o nariz partido, dedos quebrados, dentes a rodar pelo soalho. Guardei as marcas de cada gota de sangue perdida, devolvi-lhe as lágrimas que chorou em frente aos espelhos.

Senti que podia, apesar de imóvel pela rigidez dos alicerces, e mesmo sem braços ou pernas, envolvê-la num xaile de esperança colocando-lhe a arma no caminho. Arrisquei. Poderia tê-la usado contra si: meter uma bala na cabeça. A rapidez do disparo e tudo a ruir no sótão, entre caixotes com vida guardada.

Escolheu acreditar. Na vingança.

Ilusões.

Eduarda quis prolongar o tempo a seu favor. Ela a inventar minutos e a trovoada lá fora, perto, perto. A fé no *volte-face* do último segundo, e a vida a ser assustadoramente previsível, por isso gostamos tanto de finais inesperados. Nos filmes. À vida ninguém escapa. Tenta-se, improvisa-se, luta-se numa ilusão de voltas e reviravoltas, inesperadas ou calculadas, e ela, a rota, a seguir sempre o seu curso, como se o destino nos permitisse uma certa margem, mas nunca a suficiente para lhe fugir.

O braço partido, o ombro deslocado, a voz dele a sujar-lhe o pescoço com palavras, as mesmas, sempre as mesmas. Que a mata, mas antes desfaz-lhe os ossos e estilhaça cada articulação. A casa às escuras e ela não quer a filha ali, passos na escada, *não subas, Alice, cai, filha, parte uma perna ou o que for, não venhas ver a mãe a morrer-lhe nas mãos.*

Estava perdida e sabia-o: a memória, um fio a quebrar, os pensamentos interrompidos na garganta que sufocava, boca aberta com sede de oxigénio. Sussurrei-lhe, entre o estrondo dos trovões, que chegara a hora; usei a claridade de um relâmpago para lhe mostrar as alças do saco, caídas do armário mal fechado.

Vi acender-lhe o rastilho da vingança nos olhos cegos. O ódio. O braço esticado e os dedos tão longe, o impossível a ganhar força, mas o pavio de vida a esgotar-se.

Fi-lo. Um tremor na parede, quase impercetível, suficiente para afastar a porta do armário, o saco a escorregar para o chão, o braço esquerdo dela, o mais fraco, feito forte, perto, tão perto, a mão dentro do saco, o suficiente para o dedo indicador se ajustar naturalmente no gatilho.

O cano frio na garganta, Antero de mãos afastadas, um garoto que nega culpas. *Não fui eu, não fui eu, não fui eu.*

O clarão e os olhares que se encontram. Eduarda ergue-se. O medo nele, agora. Olha-a de baixo, ajoelha, implora, acompanha o dedo que dispara.

Relâmpago, um, dois, trovão.

Relâmpago.

Rumor.

Estouro.

Chama.

Fogo.

O homem que leva um tiro e é atingido por um raio só pode, como qualquer homem, morrer uma vez. Já sem vida, conduz morte à mulher que lhe encosta a arma à pele.

Corrente de luz.

Cinzas.

A cápsula da bala a voar no quarto escuro.

MÃE!

AGRADECIMENTOS

Obrigada, em primeiro lugar, à Sara Lutas, que acreditou neste romance desde que era um livro de contos. Tentei estar à altura da sua generosidade e profissionalismo.

O meu rumo foi traçado na infância. Aos meus pais agradeço todo o apoio e incentivo à leitura.

Ao Gil, por tudo e por nada, o ciclo completo. O nosso caminho recomeça onde termina.

Com o avô Rogério aprendi o poder das histórias. Este livro é para ele.